아버지

아버지

수필과비평사

머리말

유난히 뜨겁던 팔월의 태양 열기도 서서히 수그러든다. 절기에 밀려나는 것이리라. 어찌 세월을 이기는 장사가 있던가.

여름이 오면 뜨거운 태양을 온몸과 등짝으로 짊어지고 팥죽땀으로 목욕을 하시던 아버지가 생각난다. 겨울이 오면 부실한 입성으로 오일장을 다니며 추위에 떨던 아버지가 가여워 눈물이 앞을 가린다. 아버지가 생각나면 내 설움에 겨워 눈물을 펑펑 쏟는다. 그러면 마음이 시원해진다. 효도하지 못한 죄송한 마음을 그렇게 푼다.

내 마음의 근원은 아버지와 어머니다. 힘든 세상을 사시면서 시대를 향해 불평불만을 하지 않고 나름대로 열심히 사셨다. 그렇게 살지 않겠다고 살아 온 세월을 뒤돌아보니 나도 아버지 어머니처럼 살고 있었다.

"一切唯心造"

이 글귀를 마음에 새기며 아버지 어머니를 생각하며 살았다. 부모님께 누가 되지 않게 살려고 노력했다.

가는 세월 흔적을 남기지 않으려고 했는데 속마음 누구에게 털어놓기가 부끄러워 글로 써 놓다보니 책으로 나오게 되었다. 푸념의 글도 있고 자랑의 글도 있고 일상의 소소한 일들이 고맙고 행복했다.

죽을 때 후회되지 않게 살려고 도전도 하고 용기 내어 본 일들이 행복으로 다가와 나를 위로해 준다. 이 모든 일에는 나를 아껴주고 사랑해 준 사람들이 많았다. 일일이 이름을 밝히지 않아도 그분들은 안다. 세상은 혼자 사는 것이 아니고 더불어 사는 것이라 가르쳐 준 지인들이 많았다. 나를 아껴 준 모든 분들에게 지면을 통해 고마움을 전하고 싶다. 그리고 나를 낳아 주신 아버지 어머니께 고마움을 전하고 싶다.

　　이 책을 부모님 영전에 바칩니다.
　　아버지 어머니 존경합니다.
　　아버지 어머니 사랑합니다.

　　　　　　　　　　　　　　2013. 10. 천고마비 가을을 맞으며

목차

2부

3
부

🌳

엄
마

손

1부
못 잊을 사람

봄과 함께 할머니가 무심천 둑방에 한 점으로 꼬부랑꼬부랑 걸어오신다.
진달래가 산에 아름답게 피어나면, 아버지께서 나뭇짐에 진달래꽃을 꽂고
산에서 걸어오신다. 꽃샘추위로 날씨가 매서울 때, 황사가 심한 날에, 콜록
콜록 엄마의 기침소리가 가슴 아프게 들린다.

봄에 생각나는 사람

파릇파릇 새싹이 무거운 흙을 머리로 힘껏 밀면서 올라오는 모습이 예쁘다. 춥고 추운 겨울을 견디고 새싹을 틔우는 나무도 자랑스럽다.

무심천에 억센 갈대를 요리조리 피해서 올라오는 향기로운 쑥도 예쁘다. 땅바닥에 찰싹 붙어 있는 민들레도 귀엽다. 고추밭 사이에 나 여기 있소, 올라오는 씀바귀도 예쁘다. 밭둑에 옹기종기 올라오는 돌나물도 예쁘다. 논둑이나 도랑에 여리게 올라오는 돌미나리도 향긋한 계절이다.

멧새 종달새도 푸드득 푸드득 날아다닌다. 노랑나비 흰나비도 아지랑이 사이로 나풀나풀 날아다니는 아름다운 계절이다.

산, 밭, 논, 개울 어디를 가도 신기한 생명잔치의 계절이다. 너무 작아 잘 보이지도 않는 제비꽃의 자태는 얼마나 자랑스러운가. 계절이 다음 계절에게 물려주고 박수 칠 때 떠나가는 모습은 얼마나 아름다운가.

봄이 돌아오면 늘 생각나는 사람 세 분이 있다. 한 분은 친정 할머니시다. 멀리 무심천 둑방에 한 점으로 시작되는 분이다. 허리가 90° 꼬부라진 할머니께서 아지랑이 사이로 꼬부랑꼬부랑 걸어오신다.

피발령 너머 회인에서 아침 일찍 넘어 오신다. 일주일에 두세 번 오신다. 아들, 손자, 증손자를 일월처럼 보러 오신다. 점심만 잡수시면 구십 노구를 힘겹게 옮기신다.

며칠 주무시라고 해도 여기 사시라고 해도 고집을 세워, 피발령 재 너머 큰아들네로 바쁜 걸음을 옮기신다.

돌미나리가 진한 향기를 풍길 때 올케는 얼른 무심천으로 나간다. 돌미나리를 뜯어 와 할머니께 따끈따끈하게 빈대떡을 부쳐 드린다. 이가 숭덩숭덩 빠진 할머니는 잇몸을 허옇게 드러내고 좋아하신다. "아이고, 맛나다. 아이고, 맛나다." 하시는 구십 할머니의 마음이 동심이다. 빈대떡도 자주 부쳐 드리고, 손톱 발톱도 자주 깎아 드렸다. 입고 오신 옷이 더러우면 얼른 빨아 드렸다. 할머니는 싹싹한 손자며느리를 엄청 좋아하셨다.

친정아버지도 봄이면 생각난다. 개나리 진달래가 온 세상을 아름답게 꾸밀 때면 더욱 보고 싶다. 고향에 살 때 아버지가 산에 나무하러 가시면 다복다복 핀 진달래를 자주 꺾어 오셨다. 한 짐 수북이 지고 오시는, 나뭇단에 진달래를 꽂아 오신다. 색깔도 고운,

다복다복 핀 진달래를 함박웃음과 함께 건네주시던 모습이 그립다. 아버지는 진달래를 꺾으시며 꽃을 받고 좋아하는 딸들의 모습을 생각하셨나 보다.

한 분은 친정엄마다. 할머니나 아버지처럼 좋은 모습이 아니다. 해수 천식이 심하시던 친정엄마는 꽃샘추위 때 더욱 기침을 심하게 하고 괴로워하셨다. 어렸을 때 기억으로 엄마는 항상 콜록콜록 기침을 하셨다. 너무 어려서 그런지 아픔을 함께하지 못하고, 위로의 말이나 걱정하는 말을 표현도 잘 못했다. 엄마 속에서 나왔지만 참으로 무심한 딸이었다.

골골하셨지만 칠십오 세까지 사셨다. 어린 마음에 엄마는 일찍 돌아가실 거라고, 늘 마음을 다지고 살았다. 병이 깊었지만 장수하신 셈이다. 장수하신 엄마께 늘 고마운 마음이 들었다. 세 분 모두 돌아가셨지만 봄이면 기억들이 살아난다.

봄과 함께 할머니가 무심천 둑방에 한 점으로 꼬부랑꼬부랑 걸어오신다. 진달래가 산에 아름답게 피어나면, 아버지께서 나뭇짐에 진달래꽃을 꽂고 산에서 걸어오신다. 꽃샘추위로 날씨가 매서울 때, 황사가 심한 날에, 콜록콜록 엄마의 기침소리가 가슴 아프게 들린다.

세 분의 육신은 가셨지만 세 분의 모습은 나의 기억 속에 봄이면 돌아온다. 나의 생명 잔치가 끝나고 영혼의 집으로 돌아 갈 때, 세 분도 함께 돌아가시리라.

(2012. 2. 24.)

김장과 맏이

　올해도 십일월이 다가오니 김장을 언제 어떻게 해야 되나, 친정 큰올케와 날짜를 맞추어 본다. 날씨는 좋을지 나쁠지 일기예보에 온 신경을 기울인다. 여름과 가을에 비도 많이 오고 흐린 날이 많아 배추 속이 차지 않았다고 큰올케는 걱정을 많이 한다. 배추나 무, 갓, 파 등을 넉넉히 가꾸어 남매들에게 한겨울 맛있게 먹으라고 해마다 챙겨 준다.

　김장한다고 아들과 딸에게 시간을 내라고, 다른 약속 잡지 말라고 했더니 동참한다. 아들을 데리고 하루 전에 친정으로 가서 큰올케와 배추를 뽑고 나르고 다듬었다.

　작년에 이어 올해도 아들과 함께 배추를 절였다. 아들은 배추를 소금에 절이는 것을 크게 싫어하지 않고 도와줘 고맙다. 배추를 절이고 뒤집어야 하는 일은 허리가 많이 아프다. 허리 아파하는 외숙모와 엄마를 도와주는 아들이 대견하다.

배추를 절여 놓고 속을 채울 무를 아들과 함께 오순도순 이야기하며 씻었다. 이웃집 아주머니는 우리 모자의 일하는 모습을 보며 꼭 연인들같이 일한다고 칭찬을 해 준다. 늦은 오후에 배추를 뒤집어 놓고, 올케를 남겨 놓고 집으로 왔다.

이튿날은 딸에게 절여진 배추를 외숙모와 함께 씻으라고 친정에 데려다 놓고 출근을 했다. 온통 김장하는 친정집 마당으로 신경이 쏠린다. 바쁘게 친정으로 퇴근하니 배추는 다 씻어 놓았고, 버무리는 일만 남아 있었다. 동네 아주머니들과 이런저런 이야기로 웃음꽃을 피우며 김치를 버무린다. 나도 그렇고 동네 아주머니도 머리가 띵하니 어지럽다고 했다. 동네 어른께서 고춧가루의 매운 냄새 때문에 머리가 아픈 것이라고 한다. 역시 어른들이 아는 것이 많고 지혜롭다고 하며 오늘 한 가지 배웠다고 모두들 좋아한다.

고기와 막걸리를 먹고 마시며 맛있는 김장김치를 삼백 포기쯤 했다. '올 한 해도 무사히 넘기겠구나.' 생각하니 마음이 흐뭇하다. 올해도 큰올케의 마음을 기쁜 마음으로 받았다. 늘 이렇게 많은 것을 받고도 갚을 길이 없다.

다행히 나의 이런 마음을 아들과 딸이 알아준다. 김장하는 날은 엄마와 외숙모를 도와주려 하고, 훌륭한 외삼촌과 외숙모에게 잘하려고 애쓰는 마음이 고맙다. 힘들지만 더도 덜도 말고 김장하는 날처럼, 서로 위하는 마음으로 세상을 살았으면 좋겠다. 김장하는 날은 잔칫집 분위기다. 우리 남매들은 고맙고 행복한 마음으로 친정에 간다.

친정 부모님이 돌아가신 지 오래되었지만 오빠와 큰올케가 친정 부모 노릇을 한다. 농사짓는 것마다 나누어 주고 맛있게 먹을 수 있도록 갈무리해 준다. 우리들은 자식도 아닌데 항상 받기만 한다. 정작 조카딸은 우리처럼 많이 가져가지 않는다. 오빠와 올케는 자식보다 우리에게 마음이 더 쓰이는지 많이 주지 못해 안달하는 사람이다.

나는 늘 생각해 본다. 우리가 외롭지 않게 세상을 살 수 있는 것은 부모 노릇을 대신해 주는 맏이가 있기 때문이 아닌가 생각한다.

음과 양으로 정신적 지주가 우리 뒤에 떡 버티고 있다고 생각한다. 세상 살기가 힘들어도 주저앉지 않고 오뚝이처럼 일어난다. 부모 같은 오빠와 올케에게 걱정 끼치지 않으려고 씩씩하게 걷는다. 감사하는 마음, 고마운 마음을 가지고 오늘도 씩씩하게 걷는다.

(2012. 11. 23.)

아버지·1

어느 날, 꼭두새벽에 요란하게 전화벨 소리가 울리는데 무섭고 섬뜩하게 들렸다. 받아보니 큰올케의 목소리가 젖어 있고 음성이 낮게 깔리면서

"고모, 아버지 지금 숨 떨어졌어." 한다.

옛날 말에 부모님이 돌아가시면 하늘이 캄캄하고, 하늘이 무너지는 것 같다고 한다. 올케의 전화를 받는 순간 눈앞이 캄캄하고 하늘이 내 머리 위로 내려앉고, 눈에 노란 별이 반짝반짝 왔다갔다 하며, 나도 모르게 그 자리에 털썩 주저앉고 말았다.

다음 달이면 곗돈을 타는 달이라서 그 돈으로 소족을 사다 아버지께 고아 드리려고 했는데, 벌써 가시면 나는 어떡하라고 하느냐면서 가슴에 한이 쌓일 것이라고 생각하며 엉엉 울었다. 아버지가

돌아가신 것도 서럽고 효도할 기회가 없는 것도 서러워 가슴을 치고 땅을 치며 울고불고 했다. 젊은것이 너무 청승맞게 운다고 듣기 민망하다며 동네 사람들이 흉을 본단다. 적당히 하라고 큰올케가 살며시 알려준다. 효도 할 기회를 놓쳐 버린 것이 안타깝고 서러워, 먹지도 않고 잠도 안 자고 울었더니 팔다리에 마비가 오기 시작했다. 그 순간 이러다 나까지 죽겠다 싶은 생각이 들었다. 그런 와중에도 젖먹이 어린 자식이 떠올랐다. 내가 죽으면 이제 막 첫돌을 지낸 내 아들은 누가 키우나 자식 걱정이 태산 같았다. 사람은 참으로 영악스럽다. 싸늘하게 식은 아버지의 주검을 앞에 놓고 자식을 먼저 생각하게 되었다. 안 되겠다 싶은 마음에 밥도 한 그릇씩 먹고 졸리면 잤다. 부모가 돌아가시면 산에 묻고, 자식이 죽으면 가슴에 묻는다는 말이 맞는 순간이었다.

아버지는 나에게 생명을 주고 공부시키고 행복하게 살도록 기원했는데, 아버지의 주검 앞에서 이기적인 생각을 했다.

아버지가 돌아가시기 꼭 열흘 전 꿈에, 느닷없이 내 앞니 하나가 쑥 빠졌다. 꿈 이야기를 올케에게 이야기하였다. 그 이야기를 듣고, 올케는 마음의 준비를 하고 있었다고 했다. 나쁜 꿈을 꾸었으면 소족을 사다 고아 드렸어야 했다. 그러면 평생 한이 되지 않았을 텐데 참으로 미련했다. 아버지가 돌아가신 슬픔도 크지만, 효도 할 기회를 주지 않은 아버지도 원망스러웠다. 이렇게 자식들은 이기적인 존재들이다. 이해타산만 따지고 부모를 저울질한다.

가난한 시절 없는 이웃들끼리 모여 제비뽑기를 했다. 정해진 날에 모여 제비뽑기를 해 당첨된 사람이 정해진 금액을 가져가는 것이다. 십시일반의 의미이고 재미있는 모임이었다. 작은 돈이지만 살림을 장만하거나 필요한 곳에 쓰기도 했다. 나는 계원들에게 다음 달에 내가 그 돈을 꼭 타고 싶다고 말했다. 친정아버지께서 병명도 모르고, 많이 편찮으시니 언제 돌아가실지 모른다. 곗돈을 타서 아버지께 소족을 고아 드리고 싶다고 말하면서 선처를 부탁했다. 다들 이해를 해 주어 기다리고 있던 중이었다. 소족을 고아 드리면 팔다리에 기운이 나지 않을까 생각을 했다. 아버지는 한 달을 못 사시고 하늘나라로 가셨다. 얼마나 가슴이 아픈지 아무도 모른다. 병중에 계신 부모님이 있는 사람들은 늦은 밤이나 이른 새벽에 울리는 전화벨 소리가 두렵고 무섭다.

어제 토요일이 돌아가신 아버지 어머니의 제삿날이었다. 아버지 제사를 지내고 이튿날 어머니께서 돌아가셨다. 이런 연유로 두 분의 제삿날이 한 날로 합쳐졌다. 자식들은 물론이고 친척들과 이웃들은 이구동성으로 말한다. 자식들 두 번 돈 쓰지 말고 바쁜 사회생활에서 시간 절약하라고, 자식들에게 큰 부조하고 돌아가셨다고 했다. 어머니 돌아가셨을 때 사람들이 한 말이 마음에 와 닿지 않았다. 해마다 두 분의 제사를 한꺼번에 지내다 보니 그 말이 꼭 맞다. 어쩌면 그렇게 자식을 지극 정성으로 살펴 주고 가셨는지 고맙다.

제삿날 남매들이 모이면 하하 호호 웃고 떠들면서, 음식을 만들고 먹으면서 부모님을 회상한다. 서로 별일 없느냐 안부를 주고받는다.

부모님이 우리의 뿌리임을 확인하고, 우리는 줄기이고 자식들은 열매임을 이야기한다. 세월이 많이 흘렀어도 우리는 부모의 사랑을

먹고 살아왔음을 안다. 우리도 자식이 있는 부모이기에 부모의 사
랑으로 세상을 살아온 것을 경험으로 안다.

(2004. 4.)

못 잊을 사람

　음악과 색소폰 악기를 가르쳐 준 고마운 음악 선생님이 있다. 앞으로도 가르침을 더 받아야 되니 평생 음악 선생님이다. 내가 사부님이라고 부르면 듣기 거북하다고 한다. 아직도 부족하고 더 배워야 되는 사람이라고 하면서 겸손하며 부끄러움이 많은 선생님이다.

　문을 열자 반주기에 맞추어 연주하는 사람, 도, 레, 미, 파, 솔, 라, 시, 도 롱톤을 연습하는 사람, 의자에 앉아 한쪽 발로 박자를 맞추며 연습하는 사람, 음악책을 펴 놓고 스케일을 연습하는 사람, 자기가 좋아하는 가요를 연습하는 사람, 찬송가를 연습하는 사람, 모두 자기가 좋아서 하는 색소폰 동호회 사무실 풍경이다.

　컴맹이 있듯이 음맹인 나는 2010년 1월 2일 이 사무실에 악기를 배우고 싶어 엉거주춤 발을 들여놓았다. 텔레비전을 보다 이 사무실 색소폰 회원들이 음악 봉사한다는 광고를 보게 되었다. 색소폰 연주를 구경하니 멋지고 설레기도 했다.

색소폰을 배우며 어렵고 힘들었지만, 한 단계 한 단계 선생님의 가르침에 따라, 연습을 하고 노력하다 보니 동요연주는 하게 되었다.

선생님은 나에게 악보 보는 법과 악보 읽는 법, 박자 맞추는 법, 리듬 타는 법, 멜로디 맞추는 법, 음색을 밝고 부드럽게 부는 법 등 여러 가지를 가르쳐 주었다.

박자를 맞추고 익히느라 삼 개월 정도 몸살을 앓았다. 삼 개월 피나는 노력 끝에 간신히 박자를 맞출 수 있게 되었다. 박자를 익히고 나니 리듬감이 없다. 리듬감은 아무리 연습을 하고 노력을 해도 쉽게 익혀지지 않아 고생을 했다.

지금도 내 귀에는 리듬이 잘 들리지 않는다. 선생님은 박자든 리듬이든 이 방법 저 방법을 다 가르쳐 주지만 쉽게 익혀지지 않는다. 음악적 감각이 없어서 리듬을 쉽게 맞출 수가 없다. 시간이 많이 흐른 뒤에 습관이 되면 터득이 되려는지 쉽지 않다.

요즘은 가요를 연습하고 있다. 선생님이 옆에 와서 먼젓번보다 좋아졌다고 위로 겸 칭찬을 해 준다. 선생님은 틀린 것은 틀렸다고 꼭 짚고 넘어가지 대충 넘어가는 법이 없다. 초기에는 그 점이 서운하기도 했는데 지금은 그 방법이 약이었다는 것을 느낀다. 틀린 것을 바로잡지 않고 대충 넘어 갔다면 발전이 없었을 것이다.

나보다는 훨씬 진도가 앞선 회원도 선생님의 가르침과 본인의 노력으로 나날이 발전하고 있다. 선생님이 인내와 끈기로 가르쳐 주기도 하지만 본인이 열심히 노력한 끝에 가요를 제법 연주한다. 요즘은 어려운 〈장녹수〉도 〈데니 보이〉도 연주한다.

새로 들어오는 사람들에게도 선생님은 음악적 지식을 단계별로 친절하게 지도해 준다. 못하는 것을 잘했다고 절대 칭찬하지 않는다. 틀린 것을 틀렸다고 반복 연습하게 하여 잘할 수 있도록 도와준다. 스스로 대견해서 자기만족에 빠져 있는 나에게 흐흐흐 웃으며 어이없어 한다.

색소폰을 배우기 전 세상 살기가 힘들고, 몸과 마음이 많이 아파서 우울증에 시달렸다. 색소폰을 배우며 우울증이 나도 모르게 사라졌다. 악기 배우는 것에 신경을 쏟아서 그런지 자연스럽게 우울증이 사라졌다.

색소폰을 배우며 세상 힘든 일도 자연스럽게 넘어 가고, 좋은 분들과 어울리니 너그러운 마음도 배우게 되었다. 악기 하나쯤은 배워서 봉사도 할 수 있을 것 같아 기분이 좋다. 몸과 마음이 아플 때 음악으로 치유하니 좋았다.

내 자신이 만족을 느끼니 힘든 것도 무난하게 넘어 가는 마음의 여유를 갖게 되었다. 사람은 순리대로 살아야지 억지로 세상을 살면 자신이 너무 피곤하고 힘들며 지친다. 음악 공부를 하며 내 삶의 힘들었던 순간들이 무난하게 넘어가니 기분이 참 좋다.

세상 모든 일들은 시간이 지나야 열매도 맺고 결과도 있다. 음악을 열심히 가르쳐 주는 선생님을 보며 모든 것은 시간이 지나가야 이루어진다는 사실을 깨닫게 되었다.

시간이 지나가야 배우게 되며 터득한다는 것을 알게 되었다. 선생님은 본인이 가지고 있는 재능을 아낌없이 나누어 주려고 노력한다. 선생님을 보며 나도 그렇게 하려고 마음먹는다. 음악 선생님을 잘 만난 것도 축복이고 행복이다.

(2012. 3. 2.)

어버이날과 카네이션

해마다 하던 연중행사가 중단되었다. 허전하고 쓸쓸함이 마음을 서글프게 한다. 친정 부모님도 오래전에 돌아가시고 작년 봄에 시어머님도 돌아가셨다. 어버이날에 카네이션을 살 수도 없고 달아 드릴 부모님도 안 계시니 허전하고 적적한 마음은 말로 표현할 수가 없다.

꽃집과 길거리에 예쁘게 놓인 카네이션을 고르고 한 푼이라도 더 싸게 사려고, 주인과 실랑이를 하던 일도 기분 좋았고 행복했던 추억이다. 다 예뻐 보이는 꽃들을 보며 부모님의 얼굴을 떠올린다.

어제는 여동생이 고향 산천도 구경하고 어버이날이 다가오니 부모님 산소도 가 보자고 한다. 서로 마음이 통해서 허락을 하고 친정 큰올케에게도 전화하니 같이 간다고 한다. 셋이서 들뜬 마음이 되어 간단한 음식을 준비하다 보니, 인원도 처음보다 늘어나고 준비물도 늘어나게 되었다. 번갯불에 콩 구워 먹듯 간단한 마음으로 다녀오려던 것이 한 짐으로 불었다.

고향을 향해 가는 마음이 초등학교 때 소풍가는 학생처럼 좋아서 가슴이 울렁울렁거린다. 뒷산 산소에 계신 부모님을 뵙고 술과 과일로 인사드리고, 색종이로 만든 카네이션과 하늘나라로 보내는 편지를 드렸다. 동생은 카네이션 꽃을 준비하지 못함을 미안해했다. 준비 없이 대충 정한 마음도 저승에 계신 부모님은 어여삐 여겨 주시리라 믿는다.

산천을 둘러보니 도시에서 사느라 찌든 마음이 상쾌하다. 맑은 하늘도 좋고 바람도 시원하다. 대청댐의 푸른 물도 우리를 반기는 듯하다. 물 때문에 우리가 고향을 등졌는데 산천과 하늘에 떠가는 구름을 보는 것도 반갑다.

맑은 물이 흐르는 골짜기로 자리를 옮겨 돗자리를 펴고, 간단히 준비해 온 음식을 먹으니 산해진미가 부럽지 않다. 큰올케와 자매 셋이서 지나간 어린 시절을 기억하며 웃고 떠드니 행복하다. 돌아가신 호랑이 같은 할머니 이야기도 하고, 무섭게 야단치셨던 추억을 풀어 놓고 웃었다.

점심을 먹고 산나물 뜯으러 가자고 의견이 모아졌다. 아침저녁으로 쌀쌀한 기온의 영향인지 뾰족뾰족 나온 다래 순이 아기 손 같이 예쁘다. 세상 구경 하러 나온 어린 새싹을 꺾으려니 미안하다. 세상 구경하러 나왔는데 우리 손에 잡힌 새싹들의 아픔이 마음에 전해져 미안하기도 하다.

어버이날을 맞이하여 고향도 보고 부모님 산소도 보고, 색종이로 만든 카네이션과 하늘로 보내는 편지를 놓고 오니, 마음이 후련하고 쓸쓸했던 마음이 조금은 가신다.

(2013. 5. 6.)

오빠와 소

    친정 오빠는 소를 키우며 사는 것을 소원하는 분이다. 요즘 소 값 파동 조짐이 보여 마음이 안타깝다. 무슨 일을 하든지 성실하며 묵묵히 최선을 다하는 삶을 사시는데, 사회적인 여건이 좋지 않아 경제적으로 윤택하지 않다.

    회사 다니며 농사짓고 소를 한 마리 두 마리씩 키우셨다. 새끼를 낳고 마리 수가 늘어나자 외양간을 개축하고 키우며 행복해하셨다. 개축한 외양간이 비좁아 급기야 천이백 평이 넘는 논을 메워 축사를 크게 지었다.

    소들을 이주시키고 얼굴이 환해지며 신바람나게 소를 키우셨다. 몇 마리 안 되던 소들은 새 집이 운동장인 양 달리기를 하고 저희들끼리 머리를 받으며 싸움도 한다. 열 마리쯤 되던 소들이 새끼를 낳고 하더니 큰 축사가 비좁아 보이기 시작한다. 똥은 왜 그렇게 두텁게 쌓이는지 급기야 중장비로 치우기 시작한다.

누런 소들이 부딪치고 비비적거리면 오빠의 얼굴은 행복한 모습이다. 팔월 폭염에 소 먹이를 줄 때 보면, 팥죽땀으로 목욕을 한다. 내가 어릴 적에 본 아버지도 이글거리는 태양을 등짝에 짊어지고 베 잠뱅이가 흠뻑 젖도록 일하셨다. 소 키우는 오빠와 큰올케도 아버지처럼 팥죽땀을 흘린다. 피땀 흘리는 사람들의 수고가 경제적인 부를 가져다 주었으면 좋겠다.

소 마릿수를 늘리는 것에 치중하다 보니 회사 다니며 받는 월급은 모두 소 뒷바라지로 들어간다. 사룻값도 처음보다는 많이 올랐고, 모두 대량 사육을 하니 볏짚값도 상당히 비싸졌다.

소값은 적자를 안겨 주는데 정육점이나 식당의 고깃값은 여전히 비싸다. 한우 고기를 사 먹기가 쉽지 않다. 서민들이 선뜻 사 먹을 수 없도록 고깃값은 비싸다. 공급은 과잉이고 소값은 내렸는데, 쉽게 사 먹을 수 있는 형편이 아니다.

서민들도 사 먹을 수 있어야 소 키우는 사람들이 잘살 수 있다. 사회적인 구조가 한참 잘못된 것 같은 생각이 든다. 서민도 쉽게 먹을 수 있는 날이 빨리 와야 우리 오빠의 소값도 올라간다. 그래야 사룻값 볏짚값을 건질 수 있는데, 걱정이 이만저만이 아니다.

소 키우는 것이 소원인 오빠는 회사 다니며 소 뒷바라지하고 큰올케는 소를 키우고 돌보며 산다. 한우 가격이 올라가 오빠의 어깨가 가벼워지고 신바람나게 사는 모습이 보고 싶다. 송아지 낳았다고 할 때마다 기쁘기도 하고 사룻값이 비싸 걱정이다. 오빠의 어깨가 무거워지겠다고 생각하는데, 정작 오빠는 만면에 웃음이 가득하다.

"조놈은 일주일 전에 낳았다."

"예. 축하해요."

"저기 저놈은 어제 낳았다."

"예. 축하해요. 부자 되셨네요. 좋지요?"

"그래. 좋다."

소 마릿수가 늘어 갈 때마다 행복해하시는 얼굴이 좋아 보인다. 오빠의 소원이 이루어지는 것이 기쁘다. 오빠가 행복하면 나도 행복하고, 오빠가 기뻐하면 나도 덩달아 기뻐진다. 이래서 피는 물보다 진한가 보다.

(2012. 9. 2.)

못 잊을 스승님

　만학도로 대학교를 다닐 때 '훈민정음 강독'과 '월인석보'를 강의하신 강 교수님을 평생 잊을 수 없다. 정년이 코앞이신 교수님은 우리에게 한 자라도 더 가르쳐 주시려고 혼신의 힘을 다하셨다.

　교수님의 마음을 아는지 모르는지 학생들은 강의시간을 빼 먹기 일쑤였다. 출석만 부르면 슬그머니 사라지기도 했다. 학생들의 공부하는 태도가 옳지 못하니 강의를 마치고 다시 출석을 부르기도 하셨다. 수업을 마치고 뒤돌아보면 몇 명만 앉아 있기도 했다. 학생들이 열심히 공부하지 않으니 늘 안타까워하셨다.

　달래도 보고 옛날 교수님께서 어렵게 공부하던 말씀도 들려 주셨다. 수업 중에 수업 태도가 나쁘면 불같이 화를 내시기도 하셨다. 부모님은 뼛골 빠지게 일해서 자식들 공부시키는데 시간 낭비 돈 낭비한다고 야단을 치셨다.

열아홉, 스무 살 아이들은 대학교에 오면 해방감을 느끼는지 대충 공부하는 학생도 많다. 중·고등학교 때와 다르게 공부를 자율에 맡기니 공부를 중요하게 생각하지 않는다. 교수님의 마음을 짐작하는 나는 화를 내실 때마다 몸 둘 바를 몰랐다. 자식 같은 학생들과 공부하며, 챙기지 못하는 것이 내 잘못인 양 송구스러웠다. 아무리 다독거려도 한계를 느낄 때가 많았다. 교수님께서도 안타까워하셨지만 나도 학생들이 자식 같아서 안타까웠다.

교수님께 '훈민정음 강독'을 배우며, 얼마나 행복했는지 모른다. 한글이 어떻게 만들어졌고 어떤 원리이며 얼마나 과학적이고 독창적인지 열정으로 강의하셨다. 발음기관을 본떠서 어떻게 만들어지고, 소리가 어떻게 나는지 자세하게 말씀하셨다.

《훈민정음》을 배우면서 내 마음에 강하고 번쩍하는 빛이 스쳤다. '아! 한글이 이렇게 만들어졌구나.'

'훈민정음 강독'을 강의하시는 모습은 눈이 부셨다. 얼마나 멋지신지 모른다. 한문을 쓰실 때 한석봉 선생이 이렇게 쓰셨을까 할 정도였다. 교수님을 졸라서 붓글씨 한 점을 선물 받고 액자로 걸어두었다. 쉬는 시간에 궁금한 것이 있어 여쭈어 보면 귀찮은 기색 없이 기쁜 마음으로 설명해 주셨다.

늦은 대학생활이었지만 강 교수님을 만난 것은 내 인생에서 가장 큰 즐거움이고 기쁨이며 행운이었다. 다른 학생들은 무서워했지만 나는 교수님의 어버이 같은 마음을 알기 때문에 무서워하지 않았다. 겉으론 야단을 치셨지만 정이 많고 잘되라고 하시는 마음이셨다. 마음은 따뜻하고 자애로운 분이셨다. 나는 교수님의 따뜻한 마음을 아는데, 어린 학생들은 무서워만 하고 교수님의 속마음을 몰랐다.

어느 날은 강의하시는데 돌아가신 친정아버지의 얼굴이 교수님 얼굴과 겹쳐 보였다. 깜짝 놀라 자세히 바라보니 닮은 부분이 있었다. 잠깐이지만 친정아버지를 보는 것 같아 행복한 마음을 가지기도 했다.

어려운 학문을 강의하실 때는 누에가 실을 술술 뽑듯이 하셨다. 또는 녹음기를 틀어 놓은 것처럼 청산유수처럼 하셨다. 그 모습이 참 신기하고 신선 같기도 하였다. 학생들은 한두 시간을 의자에 앉아 있으면 엉덩이를 들썩들썩 힘들어하는데, 교수님은 힘들어 하시는 기색도 없이 강의를 마치시곤 하셨다. 내 눈에 비치는 교수님은 다방면으로 최고이셨다. 박학다식하시고 선비처럼 올곧은 모습이셨다.

엄마이고 주부이며 학생이고 여러 가지로 노력하는 나를 교수님은 좋게 보아 주시는 것 같았다. 시시콜콜 말씀은 안 하셨지만 눈빛과 얼굴빛에서 느낌을 알 수 있었다. 사는 것이 힘겨워 휴학을 했을 때, 교수님께서 무척 안타까워하셨다는 말을 학생들이 전해줘서 알게 되었다.

복학해 보니 교수님은 정년퇴직을 하시고 안 계셨다. 교수님을 뵐 수 없어 마음이 아팠다. 교수님께서 안 계신 학교는 텅 빈 것 같고 마음이 허전하고 쓸쓸했다.

열과 성을 다하고 학생을 아끼시며 열정으로 가르쳐 주셨다. 교수님께 가르침을 받으며 진정한 교육자의 자세도 함께 배웠다. 마음속으로 교수님을 아버지처럼 생각했다.

강 교수님께 학문을 배우며 옛것과 우리 것을 더욱 소중하게 생각했다. 《훈민정음》이 국보 칠십 호라는 것도 그때 처음 알았다. 한글을 더 사랑하게 되었으며, 우리말로 표현할 수 있는 것은 가능한 영어로 말하지 않는다. 세종대왕께서 백성을 가엾게 여기시고, 《훈민정음》을 만드셨다는 것을 배웠기 때문이다. 세종대왕께서 백성 한 사람 한 사람을 국보로 만드신 셈이다.

우리말과 글을 우리가 아끼고 사랑하지 않으면, 어느 나라 사람이 사랑하겠는가. 사람이 살아가면서 훌륭한 스승을 만나는 것은 축복이고 행복이다. 어려운 세상을 살다 보니 못 잊을 스승이 있다는 것도, 세상을 살아가는 데 큰 힘이 되어 주었다.

가끔 교수님 생각이 난다. 교수님을 뵙고 싶다. 한달음에 달려가고 싶다. 전화라도 드리고 싶은데 사는 것이 바쁘다는 핑계로 전화도 못하고 찾아뵙지도 못하고 있다. 성공을 못 했다는 이유 같지 않은 이유 때문에 못 하고 있다. 교수님께서는 성공 여부를 따지지도 않으실 텐데. 아직도 강건하신지 몹시 궁금하다.

(2012. 3. 1.)

동문 사이

딸, 아들과 나는 대학교 동문이다. 그것도 같은 과 동문이며 모두 선후배 사이다. 모녀, 모자, 남매가 같은 대학, 같은 과를 전공하기란 쉽지 않은 일이라 생각한다.

어찌하다 보니 그렇게 되었고 아이들이 책을 좋아했다. 국어 국문학을 전공하고 싶어 해서, 아이들 의사를 존중하다 보니 같은 과에서 공부하게 되었다.

어제는 한국사를 이야기하다 임금님들의 야사까지 이야기를 나누었다. 셋이 앉으면 재미있는 이야기도 하게 된다. 주로 한국사에 밝은 아들이 선생이 되고, 나는 질문을 하며 손뼉을 치고 깔깔거리며 웃는 쪽이다. 이럴 때는 더 없이 사이좋은 모녀, 모자, 남매 사이다.

문학작품 이야기를 할 때도 서로의 주장으로 재미가 있다. 서로 읽은 책이 좋으면 번갈아 가며 추천도 해 읽어본다. 이런 점에서 같은 공부를 한 것이 좋다. 참으로 좋은 점은 여행지를 선택할 때 마음이 맞아 의견 충돌 별로 없이 서로에게 좋은 동행이 된다.

나쁜 점으로는 집안일이 힘들어 분담을 명령해도 하늘 같은 선배 말을, 두꺼비가 파리 잡아먹듯 꿀꺽 삼키고 눈만 멀뚱멀뚱하고 만다. 선배 말을 안 듣는다고 "땅에 머리 박아." 기합을 줘도, 씨알이 먹히지 않아 선배의 권위가 없다.

공무원 시험 준비를 하고 있는 아들이, 영 마음에 들지 않아서 고민이다. 직장 잡기가 하늘에 별 따기보다 더 힘들다는데 공부하는 자세가 내 눈에 '영 아니올시다.'이다.

남편은 아들을 믿고 기다리라고 하는데 조급한 엄마는 잔소리가 한 바가지다. 아들은 엄마의 잔소리를 싫어하지만 내색 않고 들어 넘기느라 고역인 눈치다. 자기의 행위가 완벽하지 않으니 꾹꾹 참고 있는 것 같다.

대학교 갈 때 취업이 안 되는 공부를 한다고 남편이 지청구를 할 때, 좀 더 생각해 볼 걸 후회를 하기도 한다. 졸업하면 설마하니 취업을 못 할까 생각하던 일이 현실이 되고 보니 좋아하는 것만 하고 살 수 없는 세상이 야속하기도 하다.

(2013. 7. 2.)

꼬마 숙녀의 가르침

사람은 평생 배우고 깨우친다는 말이 있다. 팔십 먹은 할아버지가 세 살 먹은 손자에게도 배운다는 말이 있다.

나도 모르게 입버릇처럼 내뱉는 말이 나쁜 말인 줄도 모르고 쓴다. 아니면 말이 입에 붙어서 습관적으로 쓰기도 한다. 수십 년이나 써 온 말을 나도 모르게 쓰며 살았다.

"아이고, 배불러 죽겠다."

"아이고, 배 아파 죽겠다."

"아이고, 우스워 죽겠다."

"아이고, 머리 아파 죽겠다."

내가 하는 말을 잘 새겨들었다가 너무 심하다 싶은지, 일학년 꼬마 숙녀가 한마디 일침을 놓는다.

"선생님."

"응?"

"죽겠다가 아니고 살겠다고 해야 되지 않을까요?"

"왜?"

"죽으면 좋겠어요?"

"아니, 진짜로 죽겠다는 말은 아닌데?"

"그러니까요, 살겠다고 하는 말이 맞잖아요."

"그래, 이제 그 말 안 하고 살겠다는 말을 할게."

"예, 그러세요."

꼬마 숙녀와 단단히 약속을 하고 말조심하겠다고 약속을 했다. 아이가 일학년인데 학년이 더 높은 아이들보다 참해서 조심을 하며 지냈다. 그러다가도 죽겠다는 말이 습관적으로 튀어 나오면 얼른 입을 다물었다. 못 들었겠지 하고 있으면 어김없이 지적을 한다.

"살겠다는 말을 써야지요."

"그래, 미안미안."

나도 모르게 손으로 입을 때리는 시늉을 하면 꼬마 숙녀는 빙그레 웃는다.

어느 날 아는 선생님이 자기 아이들 간식 사면서, 몇 개 더 샀다고 하며 과자를 주셨다. 산타 할아버지 과자와 초코로 만든 예쁜 눈사람 모양의 과자였다.

"눈사람이 '내 다리 내놓아라, 내 다리 내놓아라.' 마음속에 그런 소리가 들린다."고 맛있게 먹으며 장난을 했다.

"그래요? '주인님, 주인님 나를 먹어 주어서 고맙습니다. 고맙습니다.' 내 마음속에는 그런 소리가 들려요." 한다.

같은 사물을 두고 말하는 것도 예쁘고 생각하는 것도 예쁘다. 매사에 긍정적으로 말한다. 어쩌면 저렇게 예쁘게 말할까 감탄을 했다. 겨우 일학년 여자 아이인데 마음이 너무 예쁘고, 말도 예쁘게 해서 마음이 흐뭇하다. 세 살 먹은 어린아이에게 팔십 먹은 할아버지가 배운다는 말이 꼭 들어맞는다. 꼬마숙녀 앞에서 부끄러운 어른이 되고 말았다.

아이들에게 늘 "말을 예쁘게 해야 한다. 예쁜 말을 하는 사람은 마음도 예쁜 것이다."라고 교육을 시켰다. 나는 예쁜 말을 안 쓰니 꼬마 숙녀의 일침에 나도 모르게 눈치를 보게 되었다. 나쁜 말을 하면 마음도 나쁜 사람인 줄 듣는 사람이 다 안다고 말했다.

말의 중요성을 가르치고 죽겠다는 말은 잘 고쳐지지 않는다. 이 말이 다른 사람들에게 피해를 주지 않고, 정말 죽겠다는 말이 아닌 것을 다 아는 사실이니까. 수십 년을 자연스럽게 써 온 말이다. 나만 이런 것인가 다른 사람들을 관찰해 보았다. 대부분 사람들이 나처럼 죽겠다는 말을 습관처럼 자연스럽게 쓰고 있었다.

'어른들이 생각 없이 불쑥불쑥 쓰니 자라는 아이들도, 크면서 자연스럽게 쓰며 이어지겠다.' 하는 생각이 들었다. 꼬마 숙녀의 가르침이 말의 중요성을 깨닫게 해 주었다. 어린아이들 앞에서는 고운 말, 예쁜 말, 아름다운 말을 써야지 다짐한다.

(2012. 10.)

아들

방학이라 오창 과학 단지에서 용돈을 벌겠다고 아들이 회사를 다닌다. 어느 날 하루는 엄마에게 물어 볼 말이 있다고 하면서, 숨기지 말고 솔직하게 말해 달라고 한다.

"무슨 말인데?"

"엄마, 우리 집 빚이 얼마나 되나?"

"빚? 없어."

"남들은 집 지니고 살면 일억, 이억씩 은행 빚이 있다는데 알고 싶어."

"빚, 없어."

"엄마, 빚 없다고 하고선 나중에 빚 갚으라고 나오면 곤란하니 말해줘요. 내가 갚을게요." 한다.

빚 없다고 해도 못 믿는 얼굴빛이다.

"너희에게 잘해 주는 것도 없는데, 재산은 못 물려줘도 빚은 물려주지 않으려고 엄청 노력하고 산다. 그러니 걱정하지 마라." 했더니

"엄마, 고마워요." 한다.

사회라는 곳에 나가 일하다 보니 사회 돌아가는 내용을 조금씩 듣나 보다. 같이 일하는 동료나 친구들의 고민과 걱정하는 소리를 듣고, 우리 집에도 빚이 있나 걱정을 하는가 보다. 말을 들어 보니 다들 빚이 있단다. 집 장만하면서 은행 대출로 빚이 있고 생활들이 어렵다 보니, 대학 등록금도 학자금 대출을 받아 은행 빚이 조금씩은 있단다.

주위사람들이 빚 걱정들을 많이 했나 보다. 생활이 어려워 대출을 받다 보니 그것이 사회문제가 되고, 아들도 걱정이 되어 물어본다. 전반적으로 사회가 어렵다.

가정마다 자식 교육시키는 것도 쉬운 일이 아니다. 자식들의 학자금도 은행대출을 받다 보니, 대학 졸업을 해도 신용 불량자가 되고 취업하기도 어려운 실정이란다. 설령 취업을 해도 정규직이 아닌 비정규직이 많다 보니, 저축을 할 수도 없는 실정이다. 우리 사회가 어디서부터 잘못되어 있는지 사슬 고리 끊기가 어렵다. 갈수록 빈익빈 부익부 현상이 심각해진다.

올해 대학 4학년이 되니 자신의 진로도 걱정이 되고, 경제적인 문제도 걱정이 되어 물어 본 것이다. 덩치만 커다랗지 더 보살펴 줘야 된다고 생각했는데 마음이 많이 컸다. 이런 마음을 알고 나니

참으로 대견하고 자랑스럽다.

　군대 갔다 오더니 몸도 마음도 많이 커서 왔다. 시간이 흘러간다는 것은 열매를 맺는 과정인가 생각해 본다.

(2012. 2. 24.)

사랑하는 아들딸에게

해오야, 건규야. 사람이 살아가면서 하고 싶은 말도 많고, 남기고 싶은 말도 많은 법이다. 하고 싶은 말은 많지만 그건 살아가면서 천천히 하고 싶다. 꼭 남기고 싶은 말이 있단다. 오늘이 할머니 돌아가신 지 꼭 일주일째로 접어드는 날이구나. 할머니 돌아가시고 느낀 바가 많다. 몇 가지만 너희들에게 글로 남기고 싶단다. 표현하자면 유언이다. 나중에 안 좋은 상황이 발생했을 때 당황하지 말고 신속하게 처리하라고 기록으로 남기고 싶다.

엄마 아빠가 이 세상을 떠나면 할머니처럼 깨끗하게 화장해다오. 엄마는 삼베 옷 입혀 꽁꽁 묶지 마라. 죽어서 무엇을 알까마는 엄마는 염하는 것 답답해서 매우 싫다. 그냥 엄마가 입던 예쁜 한복 곱게 입혀 주었으면 한다. 얼굴 화장은 곱게 해다오. 죽어서도 여자이고 싶은 마음이란다. 화장해서 선산 양지바른 소나무 아래 거름으로 묻어다오. 부모 생각한다고 항아리에 넣지 마라. 그건 자연으로 돌아가는 것이 아니란다.

또 음식 해 놓고 제사도 지내지 마라. 바쁜 세상 사회생활 하느라 힘든데, 음식 준비하느라 시간 축난다. 그저 너희 사는 세상 살기도 바쁜데 죽은 부모 때문에 시간 낭비 돈 낭비하지 마라는 소리다. 정 서운한 마음이 든다면 추도 예배로 아주 간단히, 기도와 성경구절 마태복음 7장 7절~8절을 읽어다오. 찬송가는 〈그 크신 하나님의 사랑〉으로 불러다오.

부모에게 잘하고 싶다면 죽은 다음 하지 말고 살아 있을 때 해다오. 좋은 점이 있다면 사랑해 주고 존경해 주면 고맙고, 자주 전화해 주고 부모 생각나면 찾아와 주기 바란다.

들을 수 있을 때 사랑한다고 말해 주렴. 만져 볼 수 있을 때 얼굴 한번 만져다오. 맛있는 음식 먹을 때 부모 생각나거든 같이 먹자꾸나.

좋은 곳 여행 가서 부모 생각나거든 같이 가자. 같이 생활은 못해도 서로 오고 가면서 사랑을 나누고 싶단다. 사람이 백 년도 못 사는데 싸우지 말자. 싸우는 것과 시기 질투하는 것으로 시간을 허비하지 말자. 짧은 세상 짧은 인생 사랑하며 사는 것으로도 시간이 훌쩍 지나간단다. 엄마도 젊을 때나 어린 시절에는 늙음이 천천히, 아주 느리게 오는 줄 알았는데 벌써 육십이 가까워졌단다.

한 가지 더 부탁하고 싶은 것이 있다. 너희들은 싸우지 말고 살아라. 지금처럼 오순도순 사이좋게 서로 도우며 살아라. 결혼해서 새로운 식구가 생기면 이해타산을 따져 사이가 벌어져 싸우게 되더구나. 그런 상황이 생기면 잠시 떨어져 자숙의 시간을 가져라. 동생이 왜 그랬을까, 누나가 왜 그랬을까, 상대방의 마음을 배려해 주고 이해해 주고, 깊이 생각하다 보면 해결의 실마리가 찾아질 것이다. 역지사지하라는 말이다.

잘못한 사람은 시간을 끌지 말고 빨리 사과해라. 누가 되었든 사과를 하면 시원하게 사과를 받아 주어라. 잘못했다고 사과하는데도 사과를 못 받아들인다면 그 사람은 인격이 나쁜 사람이고 인간성도 나쁜 사람이다.

사랑하는 아들딸아! 할머니 돌아가시면서 느낀 점이 많다. 할머니처럼 세상에 미련도 갖지 말자. 자식에게 애착도 갖지 말자. 무엇을 이루고자 욕심도 갖지 말자 생각했다. 그저 인연 닿아 부모 몸 빌려 아름다운 세상에 왔으니 천명이 다하면, 순리대로 저세상으로 가자 생각한다. 할머니 선산에 수목장으로 보내 드리고 오면서 너희들에게 말한 것도 지켜 주기 바란다.

엄마 아빠가 천명을 다하지 못하고 사고나 위급한 상황이 되면, 생명을 연장시키려고 애쓰지 마라. 병원에서는 그런 상황이 되면 산소마스크를 씌운다. 너희들은 엄마 아빠의 생존율이 희박하다고 의사가 진단하면 합리적으로 판단해라. 환자에게는 사는 것이 지옥이고 힘든 고통의 시간이란다. 환자 본인이 결정을 할 수 없는 상황이기 때문이다. 너희들을 못 믿어서가 아니니 자연으로 돌아가게 선택해 주기 바란다. 살만큼 살았으면 자연으로 돌아가는 것이 순리란다.

사랑하는 아들딸아! 세상사는 것도 수월하지 않은데, 도와주지 못하고 짐을 한 가지 더 얹는구나 생각하니 미안하구나. 그래도 어쩔 수 없는 상황이 되거나 선택을 해야 될 경우를 생각하니 이렇게 글로 유언을 남기게 되는구나. 아들딸은 현명하고 지혜로우니 엄마의 마음을 헤아려 주겠지 생각한다.

　세상을 오만하고 교만하게 살지 마라. 겸손하게 살아라. 순리대로 살아라. 내가 아니라도 세상은 둥글게 잘 굴러가고 잘 돌아간단다. 내가 아니면 세상은 끝장이다 생각하지 마라. 그런 일은 없단다. 세상에는 좋은 사람 훌륭한 사람이 많단다. 그래서 세상은 더불어 살고 서로 배려하며, 이해하며 사랑하면서 살아가는 것이란다.

　봄비가 내리더니 봄이 소리 소문도 없이 살며시 다가온다. 새색시 수줍은 얼굴처럼. 조심조심 걸어오는 발걸음처럼. 새색시 색동치마 끌리는 소리처럼 봄이 살며시 오는구나. 엄마 아빠에게 온 아들딸아 고맙다. 같이 살면서 좋은 일도 있었고 너희들 키우면서 기쁜 일, 행복했던 일들도 많았다. 너희들이 사랑이었다. 행복이었다. 죽어서도 너희들을 사랑한다.

(2012. 3. 28.)

친정엄마 같은 올케

오토바이를 타고 친정으로 큰올케를 보러 간다. 가며 보는 시골 풍경은 얼마나 좋은지 모른다. 논에는 벼가 튼튼히 자라고 논둑에 콩잎들이 살랑살랑 손을 흔든다. 밭둑에는 옥수수가 익어 가고 호박꽃이 탐스럽게 활짝 웃는다. 대지에는 아름다운 꽃들과 하늘에는 구름이 아름다운 모양을 만든다.

올케는 항상 얼굴에 밝은 미소를 지으며 살아간다. 사람을 편안하게 해 주고 친절이 몸에 밴 사람이다. 힘들어도 자기의 몫이라고 받아들이며 세상을 긍정적으로 살아간다. 형제들에게 늘 베풀고 힘이 되어 주고자 노력한다. 시누인 나는 날개 없는 천사라고 부르기도 한다. 우리 오남매는 이 말에 다른 이유를 붙여 부정하지 않는다.

살림살이가 넉넉하지 않은 오빠에게 시집와, 부모님 열심히 봉양하며 살았다. 피붙이나 친척에게도 최선을 다하기에 칭찬이 자자하다. 빈한한 살림을 일으키며 오빠와 함께 열심히 일하며 산다. 친정아버지께서 문밖출입을 못 하시는 사 년 동안 지극 정성으로 병간호를 했다. 시누인 내가 볼 때 며느리로서 최선을 다했음에도, 돌아가시자 잘해드린 것 없다고 통곡을 했다. 불효한 내가 부끄러워 쥐구멍이라도 들어가고 싶은 심정이었다.

　친정어머니 또한 해수 천식으로 삼십 년 넘게 골골 앓으셨다. 엄마도 친딸처럼 잘 모셨다. 돌아가실 때까지 고부간에 갈등도 없이 잘 살아줘서 고마웠다. 올케를 보며 나도 시집에 민폐 끼치지 않고 살려고 노력했다. 올케 흉내를 내며 살다 보니, 큰 흉은 잡히지 않고 살았다.

　친정에 가면 엄마는 얄미운 계모 같고 올케가 친정엄마 같았다. 올케가 농사지은 것을 챙겨주면, 엄마는 계모같이 그만 주라고 야단치셨다. 내가 좋아하는 것 몰래 하나라도 더 챙겨 주는 올케가 좋았다. 나보다 한 살 많은데 마음씨는 비단결같이 곱다. 올케 앞에만 서면 나는 작아진다.

　소도 키우고 손자도 돌보고 농사도 지으며 부지런하게 산다. 반갑게 맞아 주는 올케와 인사를 나누며 눈은 꽃밭을 더듬는다. 예쁘고 아름다운 꽃들이 활짝 웃으며 반겨준다. 많은 곡식이나 식물들이 올케의 손길에서 탐스럽게 커 가고 있다. 보는 것만으로도 마음이 흐뭇하고 배가 부르며 입가에는 웃음이 절로 나온다. 올케가 시원한 수박을 먹음직스럽게 쪼개준다. 한 입 베어 무니 마음속까지 시원하다.

친정에 다녀오면 마음이 따뜻해진다. 나도 올케처럼 아름답게 살아야지 마음먹는데 잘 안 된다. 남에게 물질은 주지 못해도 좋은 일이 있으면 샘내지 않고 아낌없이 축하해 준다. 마음이라도 넉넉하게 가져 보려고 애를 쓴다. 이런 마음도 올케에게 배운 것이다. 좋은 스승이 곁에 있으니 흉내 내어 본다.

설날에는 돼지 한 마리를 잡아 실컷 먹게 하고, 묵직하게 한 덩어리씩 싸 주며 가져가라고 했다. 여름더위 때는 남매들을 모두 불러들인다. 개 한 마리 잡아 보양식으로 먹이고, 더위에 건강 잘 챙기라고 당부한다.

설날에 행해지던 행사는 중단되었지만, 일 년에 서너 번은 보양식을 꼭꼭 챙겨 준다. 지금도 여름에는 보양식을 먹으러 오라고 남매들을 불러 모은다. 우리들은 올케의 마음이 고마워 하하 호호하며 즐거운 친정 나들이를 한다.

겨울 김장때는 배추 무 농사를 많이 지어 놓는다. 남매들을 불러 모으고 웃고 떠들며 가져 갈 김장김치를 담근다. 부모님이 돌아가셨어도 흩어지지 않고, 오순도순 사는 것도 날개 없는 천사 덕분이다. 올케의 아름다운 마음씨와 아낌없이 베푸는 넉넉한 손이 함께 하니 가능한 일이다. 결혼하고 얼마 되지 않은 어느 날 시어머니께서

"네 올케 됨됨이가 어떠냐?" 하고 물어 보신 적이 있다. "제가 죽었다 깨어나도 우리 큰올케 발뒤꿈치도 못 따라가요." 했더니, "그러냐. 네 친정은 사람이 잘 들어왔구나. 집안이 잘되겠다. 친정

부모님이 며느리 복이 많고, 오빠가 복이 많은 사람이구나." 하시며 축복의 말씀을 해 주셔서 어깨가 으쓱으쓱 올라간 적이 있다.

올케를 만난 세월이 삼십 년도 넘었지만 그때나 지금이나 마음이 변하지 않고 한결같다.

세상에서 가장 존경하는 사람이 부모님이고 다음으로 오빠 부부다. 살기 힘들고 주저앉고 싶을 때가 많았다. 그럴 때마다 부모님과 오빠 부부에게 걱정 끼칠까봐, 누가 될까봐 조심조심 인내하며 살았다. 어려운 고비를 넘기며 지금까지 살아왔다. 내가 존경하는 분들의 삶을 생각해 본다. 나도 자식들에게 덕이 되고 본이 되려고 열심히 산다. 거울을 비춰 보듯 주어진 인생을 불평 없이 인내하며 뚜벅뚜벅 걸어가려고 노력한다.

(2012. 7. 13.)

동반자

어느 날, 남편이 뜬금없이 물어볼 말이 있다고 하면서 질문을
했다.

"당신은 죽어서 다시 태어나면 나랑 다시 만나고 싶어?"

"응. 왜 그런 걸 물어 봐?"

"궁금해서."

"당신은 어떤데?"

"나는 안 만나고 싶어."

"그려?"

"왜 다시 만나고 싶은데?"

남편이 나에게 물어 본다.

"당신이 나 공부하고 싶다니까 공부하도록 도와줘서. 다시 태어

나면 당신 꼭 만나서 나에게 잘해 주었던 것 은혜 갚고 싶어."

"당신은 왜 나랑 만나기 싫은데?"

"나는 다른 여자랑 살아 보고 싶어."

"그럼, 마음대로 햐."

그렇게 서로의 마음을 확인해 본 일이 있었다.

결혼 초기에는 서로의 성격이 다르고 자라온 환경도 다르고, 생각도 달라서 평생을 어떻게 살아야 하나 앞이 캄캄했었다. 연속극에서 부부들이 이런 사연들로 다투거나 긍정하거나 극한 상황까지 가는 것을 보았다. 별 웃기는 사연들도 많다 생각했었다. 나도 이런 질문을 받게 되면서, 그때 그 사연들이 '누구나 다 겪는 일상이구나.' 생각되었다.

공부에 한이 맺혀 죽을 때 후회될까 싶어, 공부하고 싶다는 마음을 남편에게 이야기했다. 늙은 나이에 공부해서 뭐 할 것이냐고 지청구를 했었다. 아이들이 커서 중·고등학교에 다니는데 아이들 공부시켜야지, 헛된 꿈꾸지 말라고 단호히 말하는 남편이 야속했었다.

마음속에 있던 소중한 이야기를 꺼내 놓았더니 반대를 해 절망했었다. 홀로 눈물 흘리고 하나님께 기도하기 시작했다. 공부하고 싶으니 내 등 뒤에서 밀어 달라고 기도했다.

남편 몰래 공부할 준비를 하고 수속을 밟았다. 다행인지 수속을 다 마치고 공부하겠다고 하니, 하려면 중단하지 말고 끝까지 하라면서 응원을 해 주었다.

살다 보니 세상에는 공짜도 없고 한 가지를 얻으면 한 가지를 잃게 되는 진리를 깨닫게 되었다. 공부에 매달리다 보니 가정생활은 뒷전으로 밀리고 살림살이가 엉망이 되었다. 어쨌든 하고 싶던 공부를 원 없이 하니 마음만은 행복했다.

남편은 내가 학교 끝나면 대학교 정문에서 나를 기다렸다. 눈이 오고 비가 오면 태워다 주고 데리러 왔다. 추우면 감기 걸린다고 데리러 왔다. 그때는 여러 가지로 고마운 사람이었다.

어느 순간 감사한 마음을 깨닫게 되고 고마운 마음은 말로 표현을 다 못 한다. 이런 고마운 마음을 다시 태어나면 꼭 만나 갚을 요량이었다.

남편은 나랑 만나고 싶지 않다고 했다. 다른 여자랑 살아 보고 싶다고 하니, 놓아 줄 수밖에 없다는 생각이 들었다. 서운하기보다는 인생을 다른 각도에서 생각해 보는 계기가 되었다. 남편은 나랑 살면서 남편으로서 할 도리는 다했다는 마음이었나 보다. 남편의 입장에서 해 줄 수 있는 것은 해 줬지만 그것으로 인한 보상은 원하지 않는다는 뜻인가 보다.

성경 말씀에 왼손이 한 일 오른손이 모르게 하고, 오른손이 한 일 왼손이 모르게 하라는 말씀이 있다. 왼손이 한 일은 왼손의 몫이고, 오른손이 한 일은 오른손의 몫이라 생각하는 것 같다. 간간이 많은 대화를 하는데 속마음은 한결같아도 다음 생은, 또 다른 생을 살고 싶다는 소망인가 보다.

지금 이 순간이 내가 살고 싶지 않은 현실이지만 나에게 주어진 선택의 시간들이다. 선택했으니 최선을 다하며 산다.

나도 내 남편처럼 동반자의 몫은 다하되 짐이 되지 않고 부담을 주고 싶지 않다.

　서로가 서로의 마음을 헤아려 아껴주고 이해하면서 아름다운 생을 살고 싶다. 나의 아름다운 생명 잔치가 끝나는 날, 아이들이 열심히 산 엄마로 기억해 주길 바랄 뿐이다.

　아름다운 인생을 잘 마무리했다고 기억해 주기를 바란다. 이것마저도 지나친 욕심이 아니길 바라면서.

(2008. 7. 11.)

2부

산을 닮고 싶다

산은 더불어 살아가는 것이다. 사람도 산처럼 더불어 살아가는 지혜를 배워야 한다. 산은 내숭도 떨지 않고 잘난 척도 않는다. 자기 자리에서 최선을 다한다.

산은 넉넉한 마음으로 우리를 받아주고 힘을 넣어 보내준다.

봄비

봄비는 삼라만상을 깨우고 새싹을 깨우고, 우리네 묵은 감정을 깨운다. 계절은 봄부터 시작이지만, 봄은 봄비로부터 온다. 봄비에 희, 노, 애, 락이 있다고 해야 할까.

새해 일월부터 취직을 하려고 초, 중등학교에 이력서를 내고 기다리니 반가운 소식은 없고 휴대폰에 줄줄이 문자가 들어온다.

"죄송합니다. 선생님은 채용이 안 되셨습니다."

일월, 이월, 내내 기다림의 연속이었고, 실망의 숫자만 쌓여갔다. '그래, 젊은 사람도 많은데 나이 많은 내가 선택되겠어?' 하는 마음이 들면서도 기다려지고 속상했다. 아니 솔직히 말한다면 '아직 쓸모가 있는데 써 주는 데가 없네? 아직은 젊은데, 더 일하고 싶고 돈을 더 벌고 싶은데 일할 곳이 없네?' 이런 기분이 들며, 속상한 마음을 감출 수가 없었다.

한편으로는 기다리면서도, 속 편하게 나이 탓으로 돌려 버렸다. 차갑고 두꺼운 얼음처럼 내 마음도 굳어지고 얼어 버렸다. 시간은 그렇게 흘러 이월 하순으로 흘러갔다.

봄비가 오는 어느 날 한 통의 전화가 왔다.

"여기는 ○○초등학교입니다. 선생님 어디 취직되셨나요?"

"아니요, 아직 취직이 안 되었습니다."

"그래요? 그러면 ○○초등학교 저녁 돌봄 보육교사로 오실 수 있나요?"

"그러면 고맙지요. 고맙습니다. 가겠습니다."

"내일 오후 2시에 교무실로 도장하고 통장 사본을 가지고 오셔서 계약하세요."

"예, 내일 가겠습니다. 고맙습니다."

전화를 끊고 나니 기분이 하늘을 난다. 너무 기뻐서 눈물이 나올 정도였다. '그러면 그렇지. 아직은 나도 쓸모 있고, 할 수 있는 일이 있구나.'라는 뿌듯한 생각이 들고 기분이 좋았다. 봄비가 대지에 생명을 불어 넣듯이, 나에게도 생명의 소식처럼 반가웠다. 봄비는 나에게 기분 좋은 선물을 주었다.

기쁜 마음에 같이 기뻐해 줄 사람들에게 전화를 할까 하다 그만두었다. 돌아가신 친정어머니께서 하시던 말씀이 생각났다. 좋은 일은 섣불리 말하면 안 된다고 하셨다. 이유인즉, '호사다마'라고 하셨다. 일이 마무리가 잘된 다음에 말해야지 일이 성사되기도 전에 말하면 동티가 나서 일이 틀어진다고 하셨다. 생전에 당부하시던 말씀이 생각나 계약한 다음에 말해야지 하고 꾹 참았다.

이튿날, 교무실로 가서 계약을 하고 교문을 나섰다. 남편과 친정 큰올케에게, 나를 아껴 주던 지인들에게, 취직이 되었다고 전화문자를 보냈다. 모두 아낌없이 기뻐해 주고, 축하해 주었다.

남편은 축하한다는 답이 없다. 저녁에 와서

"그게 뭔데?" 한다. "간단히 말해서 새로운 직업이 생긴 거야."라고 말했다.

올해 봄비가 추적추적 내릴 때 마음이 우울했다. 일하고 싶은데 일할 곳이 없었다. 돈 벌고 싶은데 돈 벌 곳이 없었다. 자신을 추스르고 싶은데 받아 주는 곳이 없었다. 계속 낙방 소식만 듣다가 취직 소식을 들으니 기쁨은 두 배가 되었다.

추적추적 내리는 봄비가 얼마나 고마운지 헤아릴 수가 없다. 봄비는 나에게 희망을 주었고 기쁨을 주었고 활력을 주었다. 작은 것에 감사하고 살아 있음에 감사했다. 존재감을 확인하는 기쁨이었다. 남에게는 하찮은 일 같아 보일지라도 나에게는 살아 있음의 증거였다. 나도 아직은 일할 수 있는 나이라는, 객기나 오기 같은 마음도 들었다.

지나간 세월에 내린 봄비와는 차원이 다른 봄비다. 어린 시절과 젊을 때는 생명과 환희와 희망의 봄비였다면, 오늘의 봄비는 존재감을 확인하는 기쁨의 봄비다.

아직은 나도 할 수 있다는 자신감을 갖는다. 또한 내 현실의 풍요로움을 가져다주는 고마운 봄비였다.

봄비야, 사랑해~~~. 고마워~~~.   (2012. 3. 9.)

6 · 25한국전쟁

　한국전쟁에 참여했던 미국 참전용사가 "자유는 피로써 지켰다."
라는 말이 가슴을 울린다. 우리나라 사람이라면 이 말을 부정하지
못할 것이다. 우리나라의 꽃 같은 젊은이와 공부를 해야 하는 학도
병들이 전쟁을 하고 목숨을 바쳐 나라를 지켰다. 이름도 없이 빛도
없이 산하의 땅속에 잠들어 있다. 세계 16개국에서 온 꽃다운 젊은
이들이 목숨을 바쳐 함께 지켜 주었다.

　전쟁은 37개월 동안 계속되었다. 자유 민주주의와 공산주의 이
념으로 길게 싸웠다. 1950년 6월 25일부터 1953년 7월 27일 휴전이
될 때까지 3년 1개월 동안 전쟁으로 남북한 520만 명의 사상자가
생겼다. 10만 명의 전쟁고아, 30만 명의 전쟁미망인, 1,000만 명의
이산가족이 발생하였다. 15만 명의 유엔군이 피해를 입었다. 전 국

토가 폐허가 되었고 건물, 도로, 공장, 발전 시설 등 대부분의 산업 시설이 파괴되었다.

얼마나 많은 민간인이 죽었으며, 행방불명이 되었는지 우리가 알고 있지 않은가. 인구의 절반 가까이 죽었다는 소문이 아니더라도 한 집 건너 한 사람씩 죽었다고 할 정도이다. 우리가 이 날을 기려야 하는 이유가 무수히 많다.

폐허가 된 이 땅을 일구고 산 우리 부모님 세대가 얼마나 헐벗고 굶주리고 살았는가. 고생하신 부모님 세대를 생각하면 가슴이 아프다. 이 나라를 다시 찾기 위해 독립운동을 알게 모르게 하신 분들 또 한 얼마나 많은가.

부모님 세대는 건설의 역군으로, 외화를 벌기 위해 해외 근로자로 고생을 많이 하셨다. 지금 우리가 자유와 행복을 누리며 사는 것도 조부모와 부모님 세대가 희생하고 헌신하고 봉사한 역할이 크다.

그런데 고생하신 세대들이 영세민이 되어 이중고를 겪으며 살고 계신다. 목숨과 전 재산을 나라에 바친 독립군과 자손들은 가난하게 살고 있다. 아직 우리의 마음가짐이 이분들을 돌아보지 못하고 있다.

어느 해 텔레비전에서 6월 25일 한국전쟁 방송하는 것을 보시던 시어머님께서 시아버님 이야기를 해 주셨다. 시아버님께서 면장으로 재직하실 때 한국전쟁이 났단다. 공산당이 양민을 학살하고 공무원과 특히 군인과 경찰은 무참하게 다 죽인다는 소식이었다. 십중팔구 시아버님도 죽임을 당할 것이라는 생각이 들어 피난을 결정하셨단다.

　피난을 결정하고 떠나기 전 남일 면사무소에 있는 모든 서류를 독에 넣고 땅에 묻었단다. 부산 쪽으로 피난을 가려니 동네 젊은이 다섯 명이 따라나섰단다. 한 목숨도 부지하기 어려우니 각자 피난 가자고 설득해도 요지부동이라 미숫가루 한 말을 준비해 함께 피난을 가셨단다. 전쟁 통에 한입 먹기도 힘든데 장정 다섯 명과 가시면서 힘들었다고 한다.

　가면서 일손이 부족한 농가에 일손도 도와주고 밥을 얻어먹으면서 대구까지 가셨단다. 대구에서는 사과 과수원에서 동네 젊은이들과 농사를 지어 주고 일을 거들어 주며 밥을 얻어먹고 사셨단다.

　휴전이 되어 집으로 돌아오니 동네는 아군과 적군의 싸움으로 동네는 쑥대밭이 되었단다. 피난을 가지 못한 젊은이와 남자들은 인민군에게 죽임을 당해 초상동네가 되었다고 했다.

　공무원이라 복귀하고 보니 다른 면사무소는 서류가 불에 타 피해가 컸다고 한다. 남일 면사무소는 서류 한 장 소실되지 않고 온전하게 보존되었다고 증언하셨다. 시아버님의 혜안이 있어 남일 면에는 피해가 없었다고 하셨다.

　오늘 한국전쟁 관련 방송을 하는데 캐나다 참전 용사들이 나온다. 초로의 참전 용사들이 그때의 사실을 증언한다. 그중에는 돌아가신 분의 딸이 나오는데 가슴이 아프다. 아버지가 꽃다운 나이에 남의 나라 전쟁에, 자유를 지켜 주려고 참전했다 돌아가셨단다. 시신을 찾지 못하다 이번에 유해를 발견했다. 외국인 묘소에 모시니 비로소 안식을 찾게 되어 기쁘다고 한다. 우리나라 전쟁에 파견되어 목숨을 바친 외국 병사들이 고맙다. 그 가족들에게는 한없이 미안하고 부끄러운 마음이 들었다. 자기 나라도 지키지 못하고 외국의 도움을 받았다는 사실이 기쁠 수만은 없다.

전쟁 후에 태어난 나는 시골에서 자랐다. 부지런한 부모님 덕분에 먹을 것은 부족하지 않았다. 도시에서 자란 세대들은 먹을 것이 없어 배고프게 자랐다고 한다.

지금의 아이들은 먹을 것이 풍족해 배고픔을 모른다. 전쟁의 무서움도 모른다. 구태의연한 발상이라 할지 모르지만 각 도마다 전쟁기념관을 만들어 후세들에게 전쟁의 비극을 알려 주었으면 좋겠다.

전쟁은 평화와 안정과 질서를 파괴하며 자유와 생명을 빼앗는다. 폐허에서 일어나기 위해 치르는 희생과 봉사, 헌신은 말로 다 할 수 없는 고통이 수반된다.

아직도 전쟁의 흔적과 상처로 고생하며 직간접으로 고통받고 있는 사람들이 많다. 하루 빨리 치유되고 회복되길 기원한다.

다시는 한국전쟁이 없기를 바라면서, 분단된 나라가 평화 통일이 되었으면 좋겠다. 남과 북이 서로 이해하고 양보하면서 한 핏줄이라는 것을 확인하고 싶다. 도움을 주고받으면서 선진국이 되고 강대국이 되길 바란다. 우리나라도 다른 나라를 도와주는 부강하고 행복한 나라가 되었으면 좋겠다.

(2013. 6. 25.)

---

* 참고 문헌 : 김강녕, ≪현대군사문제와 남북한≫, 형설출판사, 2001.

가을이 오면

가을이 오면 여행을 떠나고 싶다, 나만을 위한 여행을. 내 자신을 위로하고 격려하는 소박한 마음을 가지고 떠나고 싶다. 바쁘고 힘든 생활에서 몸과 마음을 혹사시키고 휴식다운 휴식 한 번 가져보지 못하고 살았다. 나에게 가을 여행을 선물하고 싶다.

잠바 하나 걸쳐 입고 가방을 둘러메고 발길 닿는 대로, 산촌이든 어촌이든 우리나라의 넉넉한 인심을 만나보고 싶다. 이 나라를 눈부시게 일구어 놓으신 어른들을 만나보고 싶다. 어려웠던 세상 이야기, 자식 키우느라 속울음 삼킨 사연들을 듣고 싶다. 앞으로 시행착오를 겪지 않도록 학습하고 싶다.

물처럼 구름처럼 세상을 흘러 다니고 싶다. 산촌을 다니며 길가에 핀 꽃들과 정답게 눈 맞추며 속삭여 보고 싶다. 가을 선선한 바람과 햇볕을 받아 짙푸르게 살찐 무도 뽑아 아삭아삭 씹어 보고 달착지근한 맛도 느껴 보고 싶다.

산모퉁이 돌아 밤나무가 있으면, 우수수 떨어진 알밤도 주워 오도독 씹어 먹고 싶다. 산골짜기 흘러 내려오는 시원한 물도 마시고 외따로 떨어진 감나무에 주렁주렁 매달린 감 사이에 홍시가 있으면 엄마를 그리워하며 달콤한 생각에 젖어 보고 싶다.

산촌의 경치를 다 보고 나면 완행열차 타고 비릿한 바다 냄새 풍기는 조용한 어촌에 가고 싶다. 갓 잡아 올린 싱싱한 고등어 회를 마음껏 먹어 보고 싶다.

십 년 전 교회 수련회 때, 묵호항에서 막 잡아 온 고등어를 장로 님들께서 회를 떠 주셔서 교인들이 맛있게 먹었던 기억이 난다. 고등어 회를 먹어 보니 회 중에서 가장 맛있었다. 금방 잡아 온 생선이라 비린내도 없고 쫄깃쫄깃했었다.

바닷가에서 혼자 부르는 파도의 노래도 들어 보고, 수평선을 향해 답답했던 마음도 마음껏 소리쳐 보고, 차곡차곡 쌓아둔 속울음도 꺼내어 바다에 던져 버리고 싶다.

고마웠던 사람에게는 감사의 기도를 드리고, 서운하고 미운 감정을 가진 사람에게는 미운 소리를 토해 내고 싶다. 바다에 띄워 보내고 싶다.

무의식 속에 감추어 두고 병이 된 마음은 바다에 던졌으면 좋겠다. 세월이 흘러가면 잊히겠지 했던 생각이 잊히거나 없어지지 않고 새록새록 생각난다. 지난 일들이 생각나는 것을 보면 아직 수양이 부족하다.

젊은 시절 어른들이 한 이야기 또 하시고, 잊을만하면 과거지사를 꺼내 자신을 들볶을 때 왜 저러시나 생각했었다. 서운한 마음은 상대방과 대화로 잘 풀어야만 된다는 것을 깨닫게 되는 요즘이다. 혼자만 끙끙 앓고 있으면 해결이 안 된다. 한 세월 속에서 한 가지의 역사가 생기고 만들어지고, 다음 세대로 넘어 가면서 역사는 만리장성처럼 길어진다.

가을이 오면 고즈넉한 산사의 아름다운 경치도 보고 싶다. 스님들의 청아한 불경 소리도 듣고 따끈따끈한 온돌방에서 타닥타닥 장작 타는 소리도 들어 보고 싶다. 바닷가에서 고단하고 아픈 세월의 역사를 훌훌 털어 버리고, 새로운 역사를 만들어 알차고 편안한 미래를 맞이하고 싶다.

새로운 역사는 어떤 색깔이 될지 모르지만 아름다운 색깔로 칠하고 싶다. 쌍무지개 뜨는 언덕에서 행복한 미소를 지으며 아름다운 석양을 감상하고 싶은 마음은 지나친 욕심일까?

가을이 오면 하고 싶은 일이 많다. 열심히 살아준 나 자신에게 위로와 격려와 칭찬을 해 주고 마음의 여유와 휴식과 여행을 선물하고 싶다. 열심히 살아줘서 고맙다. 사랑한다.

(2012. 9. 2.)

산을 닮고 싶다

나도 산을 닮고 싶다. 아니 산이고 싶다. 인생의 희, 노, 애, 락에 따라 변덕이 죽 끓듯 하는 인간 세계를 말없이 바라보고 기다려 준다. 늘 그 자리에 변함없이 믿음직하게 앉아 있다. 잘난 사람도 못난 사람도 다 품어 준다. 떠나는 사람 억지로 붙잡지도 않고 오는 사람 거부하지도 않는다. 늘 자기 자리를 지킨다.

사람들이 산을 찾는 이유는 다양하다. 건강을 위해서 산을 찾기도 하고 위로를 받으려고 산을 오르는 사람도 있다. 산은 이런저런 이유로 사람을 거부하지 않는다.

우암산 아래 수동이라는 동네에 살 때 산을 새벽마다 오르내렸다. 살을 빼려고 산을 오르내렸다. 많은 시간 정성을 들였지만 살은 빠지지 않았다. 지칠 대로 지쳐 체념하고 운동 삼아 등산을 하기로 마음먹었다.

어느 날, 천둥번개와 비바람이 몹시 불었다. 산에 오르니 전날의 천둥번개와 비바람에 도토리나무, 상수리나무, 소나무, 낙엽송의 가지가 엄청나게 떨어졌다. 이렇게 많은 나뭇가지들이 왜 부러졌을까 생각하면서 정상까지 올라갔다. 정상에 앉아 청주 시내를 내려다보니 지난밤 천지가 진동했어도 산 아래는 멀쩡했다. 산기슭을 다 내려와서 번쩍이는 생각이 떠올랐다.

산은 쓸데없는 욕심을 부리지 않는다. 비바람에 가지치기를 한 것이란 생각이 들었다. 평온할 때 산에 가 보면 알 수 있다. 나무가 우거져 땅에는 햇빛이 닿지 않는다. 땅에 있는 생명체들은 햇빛을 보기 위해 사투를 벌인다. 산은 알게 모르게 모든 것에 공평하려고 애를 쓴다. 큰 나무에 가려 작은 나무들은 햇빛을 보지 못한다. 작은 나무에 가려진 풀들도 햇빛을 보지 못한다. 약한 것들을 보호하기 위해 천둥 번개와 비바람을 이용해, 가지치기를 하는 것이라는 사실을 깨달았다. 가지치기 한 사이로 밝은 햇빛이 들어와 식물들이 광합성을 하며 살아간다. 또한 가지치기를 하지 않으면 겨울에 눈의 무게를 견디지 못해 나무의 허리가 절반으로 꺾인다.

산은 더불어 살아가는 것이다. 사람도 산처럼 더불어 살아가는 지혜를 배워야 한다. 산은 내숭도 떨지 않고 잘난 척도 않는다. 자기 자리에서 최선을 다한다. 산을 변화시키는 것은 사람이라는 생각이 든다. 우루루 몰려갔다 내려오고 산을 더럽히고, 산을 못 살게 굴다 미안한 마음도 없이 내려온다. 산은 넉넉한 마음으로 우리를 받아주고 힘을 넣어 보내준다.

"산은 산이요, 물은 물이다."라는 성철 스님의 화두가 생각난다. 우리 인생에 무엇으로 남는지는 각자의 몫이다. 순리대로 진리대로 자연스럽게, 욕심 부리지 말라는 뜻이 아닌가 생각한다.

나도 산처럼 내 자리에서 성냄도 없이, 욕심 없이 살다 가고 싶다. 내가 받은 분복대로 살다 가고 싶다. 산은 많은 가르침을 주는데 실천을 못하고 있다. 눈앞에서 피었다 지는 꽃과 풀은 기쁨을 주었다 사라진다.

산은 언제나 변함없이 그 자리에서 만물을 지켜준다. 보상이나 대가를 바라지 않는다. 우리를 지켜봐 주고 다가가면 품어 주고 떠나도 붙잡지 않는다. 억지를 부리지 않고 자연스러우며 성냄도 없고 욕심도 없이 믿음을 준다.

산은 부모 같은 모습이다. 변함이 없다. 봄에는 초록으로 희망을 안겨 주고, 여름에는 싱싱함으로 건강을 전해주고, 가을에는 탐스러운 열매를 주고, 겨울에는 인생을 뒤돌아보게 한다.

겨울에는 모든 것을 다 주고 떠난다. 겨울은 돌아오는 봄에게 영양분을 다 주고, 욕심도 없이 성냄도 없이 순리대로 살아가라 한다. 그리고 어디론가 여행을 떠난다. 우리가 모르는 세계로. 나도 어느 스님처럼 욕심도 없이, 성냄도 없이, 물처럼 바람처럼 구름처럼 떠돌다 자연의 일부처럼 살고 싶다. 산처럼 살다 가고 싶다. 예수님처럼 살다 가고 싶다.

(2012. 7. 2.)

고향의 느티나무

현충일을 맞이하여 고향을 떠난 어르신들을 모시고, 전에 살았던 동네 가운데 있는 느티나무 그늘 아래로 모인다. 일 년 만에 보는 얼굴이 반갑다. 모두 인사를 하며 손을 잡고 웃는다. 반가운 웃음이 느티나무 가지에 올라앉는다. 나뭇잎들도 웃음소리가 반가운지 너울너울 춤을 추는 것 같다.

공군 사관학교가 건설되면서 문전옥답과 고향 산천을 두고 떠났다. 가볍게 떠났던 발걸음들이 늙어 무겁다. 뜻있는 사람들의 마음이 모여 '영신제'라는 모임을 만들어 고향을 기리고 있다. 해마다 현충일에 옛날 살았던 동네의 느티나무 아래로 모여 제를 지내고 음식을 나누어 먹는다.

청년시절에 떠난 사람들이 삼십 년 만에 모이니 백발이 성성하고, 장년에 떠난 어르신들은 돌아가셨거나 내일을 기약할 수 없는 연세다. 어르신들의 얼굴에서 내일의 희망을 볼 수 없으니 젊은 우리들이 고향을 추억해야 하는 이유를 느낀다.

오전 열한 시가 되어 축문을 읽고 제를 올린다.

"계사년 무술 삭 계묘일에 청원군 남일면 쌍수리 후손들은 천지신명과 먼저 가신 선조영가님들을 모시고 조촐하게 장만한 주, 과, 포로써 제를 올리나이다. 이 정성을 두루 음감하시옵고, 쌍수리에 살다 전국 각지로 흩어진 후손들과 현재 터전에 살고 있는 모든 이들에게 뜻하는 모든 일이 이루어지도록 굽어살펴 주시옵소서……." 제관의 낭랑한 목소리가 들판으로 퍼지고 하늘로 올라간다. 축문에는 살아 있는 사람들의 간절한 소망이 담겨 있다.

일 년 동안의 안부를 물으며, 부녀회에서 준비한 점심을 맛있게 먹었다. '날도 뜨거운데 느티나무 그늘이 커서 시원하고 좋구나.' 생각하며 나무를 쳐다보니 늠름하고 우람하다. 나무 그늘이 크고 넓어서 수십 명이나 되는 사람들을 다 품고도 남는다. 나무 둘레를 돌면서 가지를 세어 보니 큰 가지만 스물네 개나 된다. 사람들이 다 떠난 동네를 지켜 준 느티나무가 고맙고 자랑스럽다.

어르신들의 소망이 공군 사관학교 안에 있는 땅을 보고 싶어 하셔서 학교에 사정을 말씀 드리니 허락을 해 주었다. 동네 어르신들과 영내로 들어갔다. 논과 밭이 있던 자리, 집이 있던 자리에 눈길이 머물자 그 시절이 주마등처럼 스쳐 지나간다.

친정에서 좁쌀 농사짓던 논은 종합 운동장이 들어서고, 푸르른 잔디가 곱게 깔려 있다. 집이 있던 자리와 뽕나무가 있던 밭은 건물이 들어서 있다. 집 앞에 있던 논은 정문이 서 있다.

계림 방죽에 도착하니 감회가 새롭다. 결혼 전에 본 방죽은 크고 높았는데, 오늘 보니 작고 아담하다. 남편은 이 방죽에서 더운 여름 친구들과 수영 내기를 하며 지냈다고 한다. 이 연못가를 걸으며 학생들은 무슨 꿈을 꿀까 생각해 본다. 틀림없이 멋지고 훌륭한 비행기 조종사이리라.

시어머님께서 방죽에 대해 말씀해 주신 적이 있다. 가뭄이 들면 모내기 하기가 어려웠다고 한다. 시아버님께서 남일 면장으로 계실 때, 정부 예산을 어렵게 배정받아 계림 방죽을 축조할 수 있도록 하셨단다. 농사짓는 동네를 위해 방죽을 쌓고 좋아하셨다 한다. 전기도 남일면에서 가장 먼저 들어 올 수 있도록 하셨단다. 바쁜 여름에는 밤에 전기를 환하게 켜 놓고 보리타작을 해서 좋았다고 했다. 전기세가 무서워 일하지 않을 때는 꺼 놓고 컴컴하게 살았다고 말씀하시며 웃으셨다.

방죽 위로 올라가니 '하늘 정원'이라는 표지판이 보인다. 정원에 있는 나무들은 두 아름이 넘고, 잎이 무성하고 우거지니 서늘하고 시원하다. 동네사람들은 여름이면 이 골짜기로 와서 더위를 냈다고 한다. 계곡의 물과 나무들이 참 좋다. '하늘 구름다리'를 건너니 천국 가는 다리 같아 기분이 묘하고 좋다. '이대로 그냥 하늘나라로 올라가면 행복하겠구나.' 하는 욕심을 부려 보았다.

사과 과수원이 있던 고사리골은 골프장이 아름답게 펼쳐져 있다. 다시 볼 수 없을 것 같아 멋진 모습을 눈과 마음에 담아 두려고 이리저리 돌아보았다. 이 동네 살았으면서도 고사리골은 와 보지 않았는데 예쁘게 가꾸어 놓아 정말 아름답다.

한쪽에서는 구경 온 동네 사람의 차가 도랑에 빠져 빼내려고 애를 먹고 있다. 차에서 내린 어르신들은 산과 들을 보면서 행복한 웃음을 지으신다. 연세가 높아 '다시 볼 수 있을까.' 하는 마음이 들었을 것 같아 안타까운 생각이 든다.

다시 볼 수 없을 것이라는 생각에 갔던 고향 땅! 한쪽 모퉁이만 보고도 가슴이 설레는데 어르신들의 마음을 이해할 수 있을 것 같다. 나도 마음이 흐뭇하고 행복한데 연세가 높으신 어르신들은 얼마나 애절할까. 천국이 코앞이신데.

우리는 내년을 기약하며 떠나왔다. 고향의 느티나무는 우리를 대신해 고향을 지킬 것이다.

시아버님이 태어나고 돌아가신 곳. 남편이 태어나고 내 자식이 태어난 고향 땅 쌍수!

살던 고향이 좋은 이유는 무엇일까.

(2013. 6. 6.)

기타 소리

파란 가을 하늘에 평화롭게 흘러가는 뭉게구름이 평화롭게 보인다. 소나무 숲 사이로 졸졸졸 음악 소리를 내며 내려가는 맑은 물소리도 들린다. 따스한 봄 햇살에 벌레를 입에 물고 새끼 입에 넣어준 다음 빨랫줄에 앉아 지지배배 노래하는 제비 소리가 들린다. 후텁지근한 팔월 한낮 끝에 소낙비의 후드득거리는 소리가 들린다. 고즈넉한 산사에 낙엽 지는 소리가 살포시 들린다. 그러다 숨을 고르면 정월 매서운 한파의 윙윙거리는 바람소리가 들린다.

지금 내 귀에 들리는 이 소리들은 감미롭고 행복한 자연의 소리다. 기타 소리를 들으며 느끼는 마음의 소리다. 다정한 지인으로부터 선물 받은, 세계적으로 유명한 사람의 기타 CD 음악이다. 기타 소리가 마음속을 어루만졌다가 풀어 놓고 다독이다 옷깃을 여미게 하기도 한다. 마음이 우울할 때 가슴속의 응어리가 울컥 올라올 것 같은 감정이 들도록 보듬어 준다. 명인의 기타 소리가 마음을 흔들어 놓는다. 음악에 젖어 사는 사람이 아닌데도 기타 소리가 피곤한 마음에 휴식과 안정과 행복한 마음을 심어 준다.

세상사는 것에 익숙해질 만한 나이인데도 기타 소리를 들으니 평안을 얻고 행복한 마음을 느낀다. 무의식중에 신선처럼 고고하게 살고 싶은 욕망이 가슴 밑바닥에 차곡차곡 쌓인다. 조용한 마음에 기타 소리를 들으니 자연으로 빨리 돌아가고픈 생각을 누를 길 없다.

딸 아들이 초등학생일 때부터 엄마는 시골 가서 농사지으며 글 쓰고 싶다고 했다. 그런데 아직도 귀촌하지 못하고 번잡한 도시에서 부대끼며 피곤하게 살고 있다.

감미롭고 아름다운 기타 소리를 들으며 다시 마음을 다져 먹는다. 심신이 너무 피곤하다. 심신이 더 망가지기 전에 자연 속으로 들어가자 다짐한다.

몸과 마음이 많이 아팠을 때, 이 기타 소리를 들었다면 큰 위로를 받았을 것이다. 마음을 다독이며 다시 한 번, 도전하여 새로운 일을 시작했을 것이다. 음악이 마음을 씻어 준다. 도전의식을 느낀다.

여섯 개밖에 되지 않는 줄에서, 아름답고 오묘한 소리가 나니 참으로 신기하다. 절대음감을 가지고 태어났기 때문에, 아름다운 음악을 연주할 수 있을 것이다. 음악의 매력에 푹 빠져든다. 듣고 들어도 질리지 않고 마음은 자꾸 기타 소리에 푹 빠져든다. 음악이 무한 감정을 느끼게 한다.

음악은 사람의 마음을 안정시키고, 심리적으로 포근하고 행복하게 해준다. 음악을 들으며 인생의 아름다움과 행복을 느낀다. 무의식 바닥에 아름다움이 존재하는가 보다. 아름다움을 느끼고 못 느끼고는 학습과 훈련에 의해서 나타나는 것이 아닌가 생각한다.

먹고 사는 것이 바쁘고 힘겨워 음악을 접하는 가정환경이 아니었다. 문화수준과 정서가 주어진 환경에서 살지 않았다. 음악에 담을 쌓고 살았다. 어릴 적 음악은 가정환경이나 생활수준, 사회적으로 여유 있는 사람들의 전유물이라 생각했다.

음악은 본인의 수준이기도 하고 배우고자 하는 열정이 있어야 한다. 도전이 음악을 소유하고 산다는 믿음이 생겼다. 지인이 예쁜 마음으로 준 기타 음악 CD를 들으며, 내 작은 마음에도 행복을 키워 보고 싶은 욕심이 생긴다. 음악으로 마음속에 아름다움을 심는다면 행복한 생활을 하는 사람이다. 기타를 연주하는 사람이 보고 싶다. 어떤 사람이기에 천상의 아름다운 소리를 연주하는 것일까. 음악은 사람의 마음을 행복하게 한다.

(2012. 8. 15.)

극장의 추억

결혼하고 얼마 되지 않아 영화 구경 가자는 남편 말에 꽃단장하
고 표를 사기 위해 극장 앞에 섰다. 관람료가 2,500원씩 합이 5,000
원이었다. 오천 원이 아까워 다음에 보자고 핑계를 대며, 텔레비전
으로 보자고 해도 싫다고 했다. 영화는 극장에서 스크린으로 봐야
제 맛이 난다고 하며 텔레비전으로 보면 현장감이 떨어진다고 했
다. 결혼 당시 남편은 군대를 제대하고 직업이 없는 상태였다. 오천
원이면 일주일 생활비이고 쌀을 살 수 있었다.

머릿속에는 잡다한 생각이 왔다 갔다 하는데 남편은 말을 듣지
않았다. 나는 싫으니 혼자 구경하고 오라고 하면서, 그 돈은 나 달
라고 했다. 남편은 나중에 딴소리 없기라고 하면서, 이천오백 원을
손에 쥐어 주었다. 나는 이천오백 원을 손에 쥐고 극장을 뒤돌아섰

고 남편은 극장 안으로 들어갔다. 그때 영화 제목이 〈인디아나 존스〉였다. 돈이 아까워 그 후로는 극장으로 영화를 보러 가지 않았다. 몇 십 년이 지나서 딸과 함께 우리 영화 〈워낭소리〉를 본 적은 있다.

올 초 부부 모임에서 태국 푸켓으로 여행을 갔는데, 007제임스본드 섬이 있었다. '007 시리즈' 영화 촬영을 한 인연으로 그렇게 이름을 붙였다는데, 세계 곳곳에서 많은 관광객이 끊임없이 온단다. 또한 영화 〈인디아나 존스 1, 2〉를 그 섬에서 촬영했다고 한다. 영화 촬영하는 곳은 관광 수입과 연결되는 부가 가치가 꽤 높은 산업이라고 한다.

태국은 천혜의 관광 자원이 많은데 영화 촬영지로 관광 수입이 많다고 한다. 관광 수입만으로도 태국 국민들은 돈을 벌어 행복하게 살 수 있어 좋겠다는 생각이 들었다.

007제임스본드 섬에서 〈인디아나 존스〉 영화도 촬영했다고 한다. 관광 안내원의 말을 듣는 순간 2,500원이 아까워 극장 앞에서 뒤돌아섰던 일이 생각났다. 사람의 일은 먼 훗날 어떻게 될지 모르는데 눈앞의 손익 계산에 연연했던 마음이 우스웠다. 사람의 일은 알 수 없는 것이기에 참으로 신기했다.

극장 앞에서 돈이 아까워 돌아섰던 일이 삼십 년 후에 1,350,000원을 지불하며 과거, 현재를 체험하고 온 결과를 낳았다.

이런 심오한 인생사를 겪고 보니, 사람 사는 일은 아무도 모르는 것이라 생각한다. 인생은 한순간도 허투루 살아서는 안 되는 중요한 일이라는 것을 깨달았다.

또한 앞으로 다가올 나의 미래는 어느 순간의 과거가 현재와 미래의 일이 되어 나타날지 모른다는 깨달음이다.

그렇지 않더라도 미래의 일을 과거에 미리 예행연습을 했거나 현재의 일이 과거에 하지 못한 일을 하고 있는지도 모른다는 생각이 들었다. 과거, 현재, 미래는 딱 잘라 구분 짓기도 어렵다는 믿음도 생긴다.

앞으로 나에게 어떤 재미있고 행복한 인생사가 펼쳐질지 매우 궁금하다. 한순간 한순간 소중하고 귀하게 생각하며 말과 행동을 진실하게 살아가겠노라 다짐한다.

(2013. 3. 9.)

검정 고무신의 추억

지금은 찾아보기 힘든 검정 고무신의 추억이 많다. 유년의 기억 속에서 아련하게 떠오르는 검정 고무신이 보고 싶다.

어릴 때 가난한 집 아이들은 모두 검정 고무신을 신고 다녔다. 부잣집 아이들이 신었던 운동화나 흰 고무신을 나는 신어 보지 못했다. 그중에서 선생님 딸이 신었던 운동화를 꼭 신어보고 싶었다. 나도 운동화를 신어보고 싶었는데 사 달라는 소리를 못했다. 우리 집 형편을 알아서, 일찍 철이 들어서인지 모른다. 내 짝인 선생님 딸은 예쁜 운동화를 신고 다녔는데 나는 그 아이가 부러웠다. 나도 예쁜 운동화를 신고 싶었는데 초등학교 시절 한 번도 운동화를 신어 보지 못했다. 초등학교 때는 예쁜 운동화 신어 보는 것이 소원이었다.

어린 시절 내내 질기고 질긴 검정 고무신을 신고 다녔다. 1960
년대와 1970년대는 너나없이 가난해서 검정 고무신을 많이 신고
다녔다.

명절이 돌아오면 행여나 운동화라도 사줄까 싶어 넌지시 운동화
신고 싶은 내색을 해 보지만 어김없이 검정 고무신이 뜰팡 위에
놓였다. 가난한 부모님은 질긴 검정 고무신만 사 오셨다. 이 검정
고무신이 빨리 떨어지거나 찢어지면 운동화가 아니라도 흰 고무신
은 얻어 신을 수 있을까 싶어 빨리 떨어져라 돌멩이로 빡빡 문질렀
다. 넓적하고 거친 돌짝에다 빡빡 문질러 보아도 찢어지거나 떨어
지지도 않았다. 흰 고무신은 잘 찢어지는데 검정 고무신은 어찌나
질긴지 찢어지지도 떨어지지도 않았다.

예쁜 운동화를 신고 싶지만 사치고 허영이었다. 운동화는 빨리
떨어져 오래 신지도 못하니 어른들 눈에는 질긴 검정 고무신이 최
고의 신발이었다. 운동화를 신고 싶은 야무진 꿈을 접고 검정 고무
신을 내 몸의 일부처럼 열심히 신고 다녔다. 검정 고무신은 여름철
이 되면 땀이 홍건히 고이고 쭉쭉 밀리며 잘 벗겨졌다. 겨울철에는
어찌나 발이 시린지 동상이 걸릴 지경이었다. 찢어지지도 떨어지지
도 않는 미운 검정 고무신이었다.

장마가 지나간 맑게 갠 날, 냇가에 물이 철철 흐를 때면 깨끗하
게 씻었다. 비누로 싹싹 씻어 돌짝 위에 엎어놓고 한바탕 신나게
놀고 나면 검정 빛깔이 반질반질 예쁘기도 했었다. 뽀송뽀송 깨끗
하고 예뻐진 검정 고무신을 신고 질거나 물이 고인 웅덩이를 피해
집으로 오던 기억은 행복한 추억이다.

지나고 보니 검정 고무신도 아름다운 기억이며 소중한 추억이다. 다시 가볼 수 없는 유년의 일들과 검정 고무신의 추억이 소중하다. 검정 고무신을 신고 씀바귀도 캐러 다니고 쑥도 뜯으러 다녔다. 진달래 피는 봄이면 진달래꽃 따러 아이들과 산으로 들로 쏘다녔다. 진달래꽃을 한 주먹씩 따서 먹기도 하고 달착지근한 찔레순도 꺾어 먹었다.

할머니 따라 고사리도 꺾으러 가고 묵나물도 뜯어 오곤 했다. 소 풀도 많이 베러 다녔다. 가을이면 아버지 따라서 깊은 산속으로 버섯도 따러 다녔다. 엄마하고 나무도 하러 가고 조그만 몸으로 일도 많이 하면서 자랐다. 검정 고무신을 신고 고향 산천을 누비고 다녔다.

장년의 기억은 짧고 유년의 기억은 길다. 여름에 미루나무 잎들이 바람에 흔들리며 반짝반짝 빛나듯이 어린 시절 검정 고무신도 내 기억 속에서 빛나고 있다.

결혼을 하고 난 후 어른들께서 하던 말씀이 생각난다. 댓돌 위에 뜰팡 위에 아이들 신발이 조그마할 때, 부지런히 돈 벌어 집 사고 재산 불리라고 하셨다. 자식들 신발이 커지고 키가 커지면 뭉칫돈이 뭉텅뭉텅 들어간다고 하시던 말씀이 생각난다. 어르신들의 말씀과 조상들의 말씀이 지혜이며 진리인 것을 깨닫는다.

어린 시절 검정 고무신이 가난의 상징이라 부끄럽기도 하고 창피하기도 했다. 어른이 되어 생각해 보니 어린 시절 누구나 검정 고무신을 신고 다녔다. 검정 고무신은 잊지 못할 유년의 소중한 기억과 향수로 남는다.

(2012. 2. 17.)

만남

세상에는 수많은 만남이 있고 어떤 인연이든 소중하지 않은 만남은 없다. 우리가 기억하고 싶은 만남은 소중한 인연이다. 기억하고 싶지 않은 만남은 나에게 피해를 준 만남이라고 생각한다. 기억하고 싶지 않은 것은 더 순간순간마다 떠오른다. 기억해야 할 것은 또 쉽게 잊어버릴 때도 많다.

순간이 영원까지 이어진 만남으로 존경하는 부모님을 꼽는다. 나에게 생명을 주고 자라는 동안 영양과 사랑을 주셨다. 낳아 주신 은혜가 아니었으면 이 순간 아름다운 세상을 살아갈 수 있었을까 되돌아보게 된다. 배우지 못하셨지만 지혜로우셨으며 남에게 민폐 끼치지 않은 삶을 살아오셨다. 자식에게 최선을 다하셨으며 어려운 시절 자식에게 배불리 먹이기 위해 더운 여름에도 이글거리는 태양을 등에 짊어지고 열심히 일하셨다.

양식이 부족한 시절 우리들은 굶어보지 않았다. 지금 생각해 보아도 존경할 만한 일이다. 농촌 생활이 힘드셨을 텐데, 산골에서 딸인 나에게 중학교도 보내 주셨다. 언니 오빠는 중학교도 보내지 못했는데, 어려운 결정을 해 주신 것에 대하여 고마움을 잊지 못한다.

농한기가 되는 겨울이면 추운 새벽에 오일장을 다니셨다. 톱을 만들어 파셨고 도장을 만들어 파셨다. 아버지께서는 오일장을 다니며 돈을 버셨다.

처음으로 중학교에 가는 딸의 등록금을 마련해 주셨다. 새벽 장을 가시는 아버지께 새벽밥을 지어 드리는 엄마의 고초는 또 얼마이던가. 엄마의 콜록거리는 기침소리를 새벽 잠결에 듣고도 도와 드리지 못하고 따뜻한 아랫목을 파고들었다. 언니, 오빠, 나도 따뜻한 것만 좋아했던 철부지들이었다. 두 분 다 돌아가시고 나니 어린 시절의 잘못이 선명하게 떠올라 부끄럽다.

친정엄마는 배우지 못한 설움과 글씨를 몰라 부끄러웠던 일을 나에게 말씀하신 적이 있었다. 한글을 가르쳐 드리지 못한 것을 후회한다. 옛날에는 다 그렇게 살았으니 엄마만 부끄럽고 창피한 것이 아니라고 말씀드렸다.

버스는 사람들에게 물어 보고 타면 된다고 했다. 위로도 아닌 위로의 말을 하고 말았다. 죽어서도 이 불효는 씻을 수가 없다.

엄마에게 한글을 가르쳐 드리지 못한 후회 때문에 어르신들께 한글 봉사도 해 본다. 한국으로 온 결혼 이민자들에게 한국어 봉사도 해 본다.

그러나 가슴에 얹힌 이 돌덩이의 무게는 내려놓지 못하고 산다. 남에게 한글을 가르쳐 주면서 정작 부모님께는 한글을 가르쳐 드리지 못했다. 이 얼마나 이율배반적인 처사인가. 부모님에게 생명을 받았고 키워 주셨다. 공부를 시켜 주셨는데 고마운 부모님에게는 글을 가르쳐 드리지 못했으니 두고두고 후회한다.

　　부모와의 만남에서 자식 된 도리를 못한 것이, 내 인생에서 가장 부끄럽고 후회가 된다. 생명을 받고 사랑과 관심을 받은 것을 헤아려 보면 가장 귀한 만남이다. 이 만남을 좋은 것으로 매듭짓지 못한 것이 부끄럽기 짝이 없다.

　　사람들은 만남을 인연이라고 한다. 만남은 필연에 의해서 운명 지워지는 것이라고 생각한다. 지금까지 살아온 경험으로 보면 꼭 만나야 되는 운명은 얽힌 실타래처럼 되었더라도 필연적으로 만나게 된다. 어떤 운명이든 거부할 수 없는 것이다. 필연에 의한 만남이었던 아버지 어머니를 사랑했다고, 한 번도 말씀드리지 못한 것이 가슴 아프고 눈물이 앞을 가린다.

　　저승으로 한 번만 갔다 올 수 있다면 말씀 드리고 싶다. 용서해 달라고. 저승으로 편지를 보낼 수 있다면 편지를 보내고 싶다. 저승으로 전화를 할 수 있다면 하고 싶다. 한 번만 꼭 한 번만 아버지 어머니를 사랑했고 존경했었다고 말씀 드리고 싶다. 살아계실 때 하지 못한 이 말씀을.

　　아버지, 어머니 고맙습니다. 사랑합니다.

(2012. 5. 11.)

18대 대통령 선거

2012년 마지막 해를 며칠 남겨 놓은 12월 19일 대한민국 대통령 선거가 있었다. 새누리당 박근혜 후보와 민주당 문재인 후보가 치열하게 경합을 했다. 국민들도 의견이 양쪽으로 갈라져 의견이 분분했다. 한 나라의 국가대표를 뽑으니 관심이 얼마나 대단할까.

자정이 가까워지자 새누리당 박근혜 후보의 당선이 확실해지기 시작했다. 박근혜 후보를 지지했던 많은 사람들은 환호했고, 민주당 문재인 후보를 지지했던 사람들은 낙심을 했다. 우리 집도 누구를 선택했느냐에 따라 기분이 왔다 갔다 한다. 남편은 누구를 선택했는지 말을 하지 않아서 알 수가 없다.

나는 애초에 안철수 후보를 선택했는데 철회하는 바람에 별 관심이 없었다. 그래도 투표를 하지 않을 수 없어 강지원 후보를 선택했다. 이유는 법을 잘 아는 후보라서 법을 잘 지킬 것이라 믿어서다. 딸이 누굴 찍었느냐고 물어 보기에 대답했더니, 문재인 후보를 찍지 않았다고 한마디 한다.

우리 집은 투표 전에 누구를 찍으라 강요하지 않는다. 자유스러운 투표를 행사하는 편이다. 역대 대통령마다 내가 찍은 후보는 당선 된 적이 없다.

자정 무렵이 되자, 박근혜 후보가 당선인으로 확정되었다. 종로 세종대왕 동상 앞에서 축하 공연이 성대하게 진행되고 있었다. 당선인이 국민에게 고맙다는 인사를 하면서 국민이 작은 행복을 느끼는 대통합의 나라를 만들겠다고 연설을 했다.

아무쪼록 17대 이명박 대통령보다는 대한민국을 잘 수행해서, 잘사는 나라가 되고 국민이 작은 행복을 누리며 살길 바란다. 역사에 길이 남는 최초의 여성 대통령이 되어 주길 간절히 기원해 본다.

대한민국 헌정 사상 최초의 여성 대통령이며, 1987년 대통령 직선제 이후 과반 투표 당선 대통령이 되었다. 또한 부녀 대통령이라는 영광을 얻기도 했다.

나는 그런 수식어보다 같은 여성으로서 보는 눈이 사람들과 조금 다르다. 많은 명예를 가지고 있지만 인간으로서 가여운 생각이 먼저 든다. 부모를 흉탄에 보내고 어린 나이에 얼마나 마음이 아프고 가슴이 무너졌을까.

가족사가 단란하거나 행복한 것과는 거리가 멀어서 가여워 보였다. 여성으로서 결혼도 못해 보고 기댈 수 있는 가족이나 남편, 자식이 있는 것도 아니어서 마음이 더 아프다. 정치적 성공은 이루었지만 인간으로서의 행복은 누려 보지 못한 것이 가엾다. 그 가녀린 몸과 작은 어깨에 대한민국이라는 무거운 짐을 얹어준 국민들은 나중에 얼마나 많은 질타를 해 댈 것인가. 혼자서 다 할 수 없는 일들을 가지고 국민들의 찬반에 얼마나 마음이 아프고 괴로울까를 생각해 본다.

다음날이 되자 방송국마다 대통령 당선인의 특집을 하루 종일 방송한다. 박근혜 당선인과 나이 차가 많이 나지 않는 나는 같은 시대를 살아서 동감이 가는 것이 많다. 그리고 고 박정희 대통령 시절 어머니 대신 영부인 역할을 했다. 아버지와 국가 원수의 의전과 나라의 미래를 많이 걱정하고 생각했으니, 경험을 살려 대통령으로서의 책임과 의무를 잘 해낼 것이라 믿는다. 믿음과 약속을 지키는 신뢰할 수 있는 대통령이 되리라 믿는다. 연약해 보이지만 강한 여인, 믿음과 신뢰를 지키는 아름다운 대통령이 될 것으로 믿는다. 영국의 대처 수상처럼 성공하는 정치인이 되길 바란다.

어린 시절 나는 고 육영수 영부인을 존경했다. 국민을 잘 챙겨 준 영부인이셨다. 고 박정희 대통령은 끼니가 없어 배고픈 국민들을 보며 가슴 아파했다. 농업 혁명을 일으켜 통일 벼 품종을 개발시키고, 국민들은 그 무렵부터 하얀 쌀밥을 먹었다. 산업을 육성시키고, 국민 소득을 높이며 다 같이 잘살아 보자고 새마을 운동을 일으켰다. 고 박정희 대통령의 장단점은 많은 국민들이 잘 알고 있다.

영욕의 세월을 살아온 대통령 당선인에게 대통령직을 잘할 수 있도록 국민 모두가 박수를 보내 주었으면 좋겠다. 대통령에게만 무거운 짐을 지우지 말자. 국민들은 자기의 자리에서 열심히 살자.

우리가 할 수 없는 것은 대통령이 할 수 있도록 응원해 주자. 우리의 가정도 아버지의 몫, 어머니의 몫, 자식의 몫이 따로 있으니 힘겨워도 굴러가는 것이라 생각한다.

이제는 우리가 대통령에게 바라지만 말고 국민 모두가 자기의 몫을 충실히 하면 좋겠다. 대통령이 되면 큰 문제들이 얼마나 많겠는가. 작은 것들을 돌아보고 챙길 시간이 생기겠는가. 국가를 대표하니 큰 것은 대통령에게 맡기고, 작은 일들은 국민 스스로 하며 참고 배려하고 이해하는 성숙한 국민들이 되었으면 좋겠다. 우리의 일은 스스로 해결하고 노력하면서 앞으로 나아갔으면 좋겠다.

박근혜 대통령을 원했든 원하지 않았든 국민을 대표하는 국가의 수반이다. 국제적으로 망신을 주는 못난 국민들이 되지 말았으면 좋겠다. 대통령이 잘할 수 있도록 박수도 쳐 주고 잘못하더라도 잘할 수 있도록 기다려 주는 아량을 베풀어 주길 바란다.

국민들은 자기의 본분과 의무와 책임을 다하면서 대통령의 무거운 짐을 나누어 지자. 우리의 대표로서 잘할 수 있도록 박수를 쳐 주자.

굴곡 많은 세월을 살아온 박근혜 대통령 당선인에게 건강과 행복이 가득하길 기원해 본다.

(2012. 12. 20.)

비닐 씌우기

"너 내일 뭐할 거니? 어디 가니?"

"아무 일도 없고 어디 갈 일도 없어요. 왜요?"

"내일 고추밭에 비닐 씌울 거다. 어디 안 가면 와서 비닐 씌우는 것 좀 해 줬으면 좋겠다."

"내일 교회 1부 예배드리고 올게요."

했더니 올케가

"교회 갔다 오면 너무 늦어. 아침 일찍 해야지 내일 날씨가 오늘보다 더 덥다는데 한낮이 지나면 더워서 못햐."

"그려?"

잠시 생각을 해 보니 그 말이 맞는 것 같다. 일요일 크게 중요한 일이 아니면 예배에 꼭 참석한다. 그런 줄 알면서도 도와 달라고 하는 오라버님이다. 이해도 되었지만 잠시 망설이게 되었다.

그 짧은 순간에 농사는 때를 따라 꼭 해야 한다. 예배는 아침에 못 드리면 저녁에 드려도 되고, 하나님께서 이해해 주시겠지 하는 생각이 들었다. 어쨌거나 대답을 해야 되겠기에

"예, 교회는 저녁에 가지요." 하고 집으로 왔다.

다음날 새벽 요란하게 전화벨 소리가 울려 받아보니 오라버님이셨다. 시계를 쳐다보니 새벽 여섯 시였다. 데리러 가겠으니 집 앞으로 몇 시까지 나오라는 말씀이셨다.

친정에서 이른 아침을 먹고 밭으로 갔다. 오라버님, 허리 아픈 올케, 동네 아줌마, 나, 넷이서 비닐을 씌우는데 이랑이 길어서 힘이 들었다. 비닐 씌우는 일은 처음이라서 요령도 없고, 하여튼 무진장 힘이 들었다. 두 시간 가량 일하는데 여동생이 일하러 왔다. 반갑기도 했지만 회사 다니며 힘든데 왜 왔느냐고 했다. 어제 오라버님이 일 좀 거들어 달라고 전화해서 왔다고 한다.

한 사람의 손과 힘이 보태지니 훨씬 쉽고 빨랐다. 네 사람이 하던 일을 다섯 사람이 하니, 앞으로 쑥쑥 나가니 신이 났다. 오라버님께 남동생에게는 전화하셨느냐고 물어 보았다. 머뭇거리는 오라버님 대신 올케가 말을 대신한다. 시동생에게 일 좀 해 달라고 전화하면 동서가 싫어할 것 같다고 한다. 그래서 못 했다고 한다.

"그럼, 여동생들에게는 왜 일하러 오라고 하세요?"

"아무래도 여동생들에게는 일해 달라는 말도 쉽고 편하다." 하신다.

"이상하네, 우리가 만만한가 보다. 남동생과 동서의 눈치는 보면서 왜 여동생들은 만만하고 쉬울까?"
했더니 오라버님과 올케가 껄껄 웃는다.

농사지어 동생은 양식 대주면서, 일은 안 시킨다고 내가 툴툴거리면서 일을 했다. 일이 힘들어 농담도 하고 객쩍은 소리도 하면서 일하다 보니 오후 두 시경이 되어 끝났다. 힘들게 일을 마친 후 먹는 점심은 꿀맛이었다.

오라버님과 큰올케가 힘들게 농사를 지으신다. 형제지간에 나누어 먹으려고 해마다 고생을 하신다. 공휴일과 토요일 일요일은 못 하는 일이지만, 도와 드려야지 생각한다. 풀 뽑는 일 붉은 고추 따는 일이 많을 것 같아 앞이 캄캄하다. 얼마나 힘든 일이 많을까 생각하며 오라버님과 올케의 고생이 가여워진다.

야외로 나가는 차량을 보면서 나도 전에는 저 행렬에 섞여 놀이를 갔다. 지나고 생각해 보니 농사짓는 사람들에게 미안한 마음이 들었다. 저 많은 차량들이 농사짓는 부모나 피붙이들에게 도움을 주러 가는 차량이면 얼마나 좋을까 생각해 본다.

농사지을 때는 힘이 들어 쳐다보지도 않던 자식이나 피붙이들이 추수해 놓으면 차량을 들이대고 곡식과 과일을 가져간다는 기사를 신문이나 방송에서 본 적이 있다.

오라버님이 쌀농사 지을 때 우리 남매들이 그랬다. 그래서 농촌 사정을 조금이나마 안다.

농부의 고단한 삶과 인생을 가족들이 알아주고 도와주고 같이 일하는 아름다운 풍경이 되었으면 좋겠다. 또한 정부의 농정 정책이나 농산물과 수산물이 제값을 잘 받을 수 있었으면 좋겠다. 서로 아끼고 도와주고 함께 일하는 아름다운 시골 풍경이 보고 싶다.

(2008. 4. 20.)

빨래를 개며

    빨랫줄 집게에 꼭 잡혀 있는 옷들이 달리기를 하는 것처럼 보인다. 옷들은 하늘을 향해 날아가고 싶어 하며 자유를 그리워하며 달아나려 하는 것 같다. 나처럼 어디든 떠나고 싶어 하는 마음이 있는 것처럼 보인다. 빨래를 개며 나도 달아나고 싶은 마음, 떠나고 싶은 마음이 가득하다.

    나는 바쁜 시간에 쫓겨 빨래를 잘 개어 놓지 않는다. 소쿠리에 빨래를 주섬주섬 담아 한쪽으로 밀어 놓거나 아니면 건조대에 그대로 둔다. 식구들은 필요한 것을 찾아서 입거나 신는다. 식구들은 빨래를 개어 놓지 않는 나에게 싫은 소리를 한다. 깨끗하고 깔끔하게 정리를 못해서 미안하다. 항상 바쁘고 힘들어 집에 들어오면 눕는다. 그렇게 해야만 하루하루를 버티며 산다.

우리 집 빨래는 건조대나 빨랫줄에서 목을 빼고 기다려준다. 빨랫줄 집게에 붙잡혀 꼼짝 못하고 산다. 이러한 상황이니 우리 집은 늘 어수선하고 시장 같다. 깔끔한 집안의 풍경은 어디에도 찾아볼 수 없다. 부끄러운 자화상이다. 젊을 때는 아이들 옷을 개며 사랑과 애정을 느끼며 살았다. 빨래를 개며 옷마다 있는 사연을 생각하곤 했다.

특히 아이들 옷을 개면서 건강하게 자라라, 튼튼하게 자라라, 훌륭하게 자라라, 기도하며 갰다. 지금은 너무 나태해져 있다. 빨래를 정성 들여 개지도 않는다. 건성건성 대충대충 정리한다. 어느 날 빨래를 개다 보니 사는 것도 이렇게 대충대충하고 있었다.

빨래를 개면서 늘 투덜거렸다. 남편이 벗어 놓은 양말은 늘 뒤집어져 있고 속옷도 뒤집어 벗어 놓는다. 깔끔한 성격도 아니면서 세탁기는 고이 모셔 놓고 옷감 상할까 봐 맨손으로 빨았다. 뒤집어져 있는 것을 바로하면서 빨려니 많이 불편했다. 빨래를 개면서도 뒤집어야 되니 이만저만 불편한 노릇이 아니다.

남편에게 옷이나 양말을 벗어 놓을 때, 바로 벗어 놓으라고 지청구를 했다. 소귀에 경 읽기다. 제대로 벗어 놓지 않으면 그대로 빨 것이며, 갤 때도 그대로 갤 테니 그런 줄 알라고 말했다. 많은 세월을 그렇게 했더니 양말은 신기가 불편한지 바로 벗어 놓게 되었다. 속옷은 지금도 홀렁 벗어 놓거나 바로 벗어 놓거나 반반이다. 그대로 빨래를 하고 그대로 개어 놓는다. 현재도 본인이 입을 때 뒤집어서 입거나 신는다. 핏줄은 못 속이는지 아들도 양말이든 속옷이든 홀렁 뒤집어 벗어 놓는다. 아들의 양말도 속옷도 벗어 놓은 그대로 빨고 그대로 개어 놓는다. 물론 본인이 뒤집어서 신거나 입는다.

어느 날 고향친구가 와서 빨래 개는 것을 보더니, 왜 뒤집어 개지 않고 그렇게 개느냐고 물어 본다. 아무리 바로 벗어 놓으라고 지청구를 해도 고쳐지지 않아서 나도 그대로 해 놓고 본을 보이려고 한다 했더니 배꼽을 잡고 웃는다. 이왕이면 다홍치마라고 예쁘게 바르게 개라고 한다.

우리 집 빨래는 예쁜 대접을 못 받고 천덕꾸러기 신세를 면하지 못 한다. 손끝이 야무진 주부들은 빨래도 정성으로 개고 예쁘게 정리한다. 빨래는 세월의 무게를 온몸으로 받고 느끼며 산다. 어느 날 미련 없이 버림받는 선택을 당하게 되는 줄 뻔히 알면서도 묵묵히 자기 몫을 다하며 산다. 세월이 지나면서 정성도 엷어지고 사랑도 많이 식었다. 빨리빨리 대충대충 사는 것으로 시간을 축내며 살고 있다.

의복이 목숨보다 중하지 않고 명예가 생명보다 중하지 않다. 옛말을 생각하며 나 편리한 대로 산다. 세월이 흘러 옷들도 낡아 가고 나도 빨래처럼 낡아 가고 있다.

(2012. 4. 20.)

삶과 죽음 사이

취미생활로 삶에 활력과 행복과 만족감을 느끼며 산다. 그런데 회원들 간에 의견 충돌로 인하여 생각과 마음에 금이 가고 있다. 말을 하다 보니 말끝에 서운한 감정이 오고 간다.

성경 말씀에 세 치 혀를 조심하라는 말이 있다. 대접을 받고 싶으면 남을 대접하라는 말씀도 있다. 제자가 예수님께 물었다. 용서는 몇 번을 해야 되는지. 예수님은 7번씩 70번이라도 하라고 말씀하셨다.

마음 한 자락 접기가 천 리 길이다. 한 발자국 뒤로 물러나 생각해 보면 어떠냐고 말을 해 보아도 쉽게 풀리지 않는다. 일 년 지나고 보면 아무 일도 아니고 창피한 일이며 부끄러운 일이라고 설득을 해봐도 억울한 일이라고만 한다. 모두 자기 입장에서만 생각하고 이야기한다. 한 번쯤 역지사지의 마음을 가졌으면 좋겠다.

젊은 시절 일찌감치 내가 겪었던 일이다. 그때는 나도 마음 한 자락 접기가 죽기보다 싫었다. 손위라는 체면 때문에 사과나 화해는 있을 수 없는 일이었다. 그 감정을 가지고 4년 동안 내 자신을 들볶고 남동생을 고립시켰다. 서로가 잘났다고 우기고 내가 옳다고 주장했다. 그렇게 줄다리기를 하는 동안 여러 가지 복합적인 문제가 발생해서 동생이 중병에 걸렸다. 죽음이 경각에 달렸다.

얼마나 괴로웠을까. 급기야 죽음을 앞에 두고 있어도 얼굴을 보지 않고 버텼다. 동생이 자의로 숨도 못 쉬고 기도를 뚫고 인위적으로 하루하루를 살아간다는 소식이 들렸다. 그래도 용서를 못했다. 위독하다는 연락을 받고 가 보니 눈 뜨고 볼 수가 없었다. 동생은 누나가 왔다고 하니 눈물을 주르륵 흘렸다. 죽음을 앞두고 흘리는 참회의 눈물이었다.

그 간절한 눈빛과 눈물에 나도 모르게 눈물이 주르륵 흘러 내렸다. 진작 화해하고 용서할 걸 미련함을 후회했다. 살아 있을 때 서로 참고 이해하고 용서하고 지냈으면 행복했을 텐데 후회막급이었다. 그러나 늦었다. 기도에 호흡기를 박았으니 말은 못하고 자기 넓적다리에 손가락으로 글씨를 쓴다.

"누나 미안해, 내가 잘못했어. 용서해줘."

거기까지 읽는데 눈물이 펑펑 쏟아져 다음 글씨를 읽지 못했다. 동생은 눈동자와 손가락만 움직일 수 있었다. 안간힘을 다해 손끝으로 하고 싶은 말을 많이 썼다. 힘들다고 그만하라고 말려도 듣지 않고 계속 써 내려갔다. 죽음이 코앞에 왔으니 이승에서 마지막 말을 남기는데 눈물이 앞을 가려 읽지 못했다. 동생은 힘들게 손끝으로 유언을 하는데도 읽을 수가 없었다. 눈물을 흘리지 말고 잘 읽어 볼 걸 지금도 후회가 된다. 일찍 화해하고 용서할 걸 너무 늦었음을 두고두고 후회한다.

시간이 많이 흘렀다. 그때의 마음은 세상을 살면서 후회되는 일은 되도록 하지 말자 다짐하며 살았다. 견디기 어려운 문제가 생기면 참고 또 참는다. 시간과 세월이 지날수록 내공이 쌓이는지 참길 잘했다고 느낄 때가 많다.

시간이 지나면 보인다. 잘한 일과 잘못한 일이. 진실과 거짓이 무엇인지. 다른 것은 참고 양보하고 이해하고 용서를 해 주면 되는 것이다. 사람 사는 세상에서 가장 중요한 것은 죽고 사는 문제이다.

인간사에서 죽고 사는 문제보다 더 큰 문제가 무엇이란 말인가. 살다 보면 싸우기도 하고 헤어지기도 하고 화해도 하고 용서도 하면서 살아가는 것이다. 아옹다옹 도토리 키 재기 하듯 살아가는 것이 삶이고 죽음이다.

잘났으면 얼마나 잘났고 잘못이 있으면 얼마나 큰 잘못이란 말인가. 사과하면 받아 주고 사이좋게 지내면 되는 것을. 세상 살면서 잘못 안 하고 사는 사람이 있던가. 국회에서 국회의원들이 추하게 싸우는 모습을 본다. 국회도 인격적이어야 한다. 일반 사람들도 인격적이었으면 좋겠다. 말도 과한 표현을 서슴지 않는다. 인품이 좋은 사람인 줄 알았는데 실망이 크다.

삶과 죽음 사이에 생로병사가 있다. 행복과 불행은 친구 사이다. 태어나서 사랑받고 사랑하며 산다. 그러다 늙고 죽어야지 인생을 마무리하는 것이다. 그런 과정을 거치며 평지도 걷고 산도 넘고 물도 건너면서 죽음 너머로 걸어가는 것이 인생이 아닌가.

사람들은 모르는 것일까? 삶과 죽음 사이는 무엇이든 할 수 있지만, 죽고 나면 아무것도 할 수 없다는 것을. 죽은 다음에는 어떠한 노력을 해도 아무 소용이 없다는 것을 모르는 것일까. 살아있을 때만 사랑도 할 수 있고 용서도 하고 화해도 할 수 있다.

아집과 미련 때문에 다시 올 수 없는 기회를 놓치고 있다는 사실을 잊고 산다. 한 푼어치도 안 되는 자존심을 세우며 살아간다.

자기 흉허물은 없는 것처럼 남의 흉허물을 아프게 헤집는다. 남의 흉허물을 덮어 줄 수 있어야 남도 내 흉허물을 덮어준다.

나는 이런 일을 일찍 겪고 빨리 느꼈다. 이번 일을 겪으며 어떻게 화해를 시켜야 되는지 고심하고 있다. 감정과 흥분이 가라앉고 삭아질 때까지 기다려야지 생각하면서도 '하루빨리 이해하고 화해해서 사이좋게 지냈으면 좋겠다.'는 생각을 한다.

중재자 역할을 잘하고 싶은데 내 말에 귀 기울여 들어 주지 않는다. 가슴 울렁증이 먼저 인다.

(2013. 7. 26.)

3부
엄마 손

　　엄마의 손은 온돌방의 구들장처럼 따뜻하고 은근하고 소박한 아름다움이
셨다. 애써 가꾸고 꾸미지 않아도 엄마의 손은 따뜻하고 고마운 손이라는
것을 우리는 안다. 자식에게는 풍성하고 자식이 아프면 약손이 되고, 자식
이 배고프면 보물 창고 같은 넉넉한 손이다.

사시느라 고생하셨어요, 엄니

포근한 봄날 출근 준비로 바쁜데 요란하게 휴대전화가 울린다.
받아 보니 남편의 울음 섞인 목소리가 들린다.

"엄마가 돌아가셨어. 지금 119 불러서 병원으로 가는 중이야."

"어느 병원으로 가는데?"

"한국 병원으로 가는 중이야."

"알았어, 준비해서 병원으로 갈게요."

아들과 딸에게 할머니 돌아가심을 알리고 병원으로 오라 했다.
바쁘다는 핑계로 자주 찾아뵙지도 못했다. 생각보다 빨리 돌아가셨
구나 생각하니 죄송하고 후회가 된다. 막내며느리라고 사랑만 받고
해 드린 것이 없다.

병원 응급실에 도착하니 침대에 반듯이 누워 계셨다. 깊은 잠을

자고 계신 듯 평온한 얼굴이셨다. 싸늘하게 식은 손을 잡고 얼굴을
만져 보니 얼음장이다.

"사시느라 고생하셨어요, 엄니. 부디 좋은 곳에 가세요. 안녕히
가세요, 엄니."

이생에서의 작별 인사를 고했다. 어머님이 살아계실 때 듣기라
도 하듯이 "아범과 살면서 많이 힘들었어요. 앞으로 어떤 일이 있더
라도 이해해 주세요." 하고 마지막 말씀을 드렸다.

아마도 어머님은 내 마음을 이해해 주시겠지 생각했다. 사는
것이 넉넉하지 못해 효도 못한 것이, 가슴 아프고 눈물이 앞을 가
린다.

작별인사를 하고 나니 문밖이 저승길이라는 옛말이 실감 난다.
마음만은 항상 오래 사실 것 같았다. 세월을 이길 장사 없다더니
어머님도 세월에게 지고, 이승에서 잡았던 줄을 놓고 떠나셨다.

하나 둘 자식들이 어머님 죽음을 애통해 하며 병원으로 모인다.
도착하는 자식들마다 어떻게 갑자기 돌아가셨는지 묻는다. 남편이
들은 대로 본 대로 말한다.

목욕 봉사 도우미들과 목욕을 끝내면서 하시는 말씀이 "목욕한
이대로 깨끗하게 지금 갔으면 좋겠다."라고 말씀하셨단다. 침대로
옮기고 잠시 앉아 계셨는데 갑자기 기침을 하면서 숨을 쉬지 못하
고 옆으로 쓰러지며 돌아가셨단다.

자식들이 많았지만 아무도 임종을 보지 못했다. 남들이 임종을
지켜 주었다. 자식들은 임종을 지켜보지 못해 가슴 아파했다. 그러
나 어찌하랴 인명은 재천인 것을…….

어머님은 한 번의 교통사고와, 몇 년 전 마당에서 넘어져 고관절이 부러져 수술을 하셨다. 수술 후 퇴원하고 곧바로 뇌졸중이 왔다. 다리가 불편하여 두문불출하셨다. 건강하고 정정하셨는데 걸을 수 없어 답답하고 심심해하셨다.

남편은 시간 날 때마다 찾아가 말동무를 해 드렸다. 며느리인 나는 바쁘다는 핑계로 가끔 찾아뵈었다. 가장 고생을 많이 하고 효도한 자식은 모시고 살았던 아들과 며느리였다. 항상 손발이 되어 주고 밤이나 낮이나 눕히고 일으키며 최선을 다했다.

어머님을 장례식장으로 옮겼다. 냉동실에 넣을 때 어머님이 얼마나 추울까 생각하니 또 한 번 가슴이 아프고 눈물이 앞을 가린다. 이런저런 절차를 밟고 문상객들이 왔다. 종손이 문상 오더니 옛날 배고프던 시절, 작은어머님이 먹을 것을 후하게 주셨다고 말한다.

제사나 명절이 되면 배고프지 않게 음식을 후하게 주셨다고 고마웠다는 말을 한다. 사람들마다 어머님의 좋은 점을 이야기한다.

어머님의 가장 좋은 점은 며느리들의 흉허물을 들춰내지 않고 덮어 주셨다. 남들에게도 며느리의 흉허물은 말씀하지 않으시고 좋은 점만 말씀하셨다.

막내며느리인 나는 어머님께 후한 대접을 못해 드렸다. 효도 못한 것이 마음 아프다. 살아계실 때 살림이 넉넉하지 못해 효도를 못했다. 내년이면 잘살 수 있을까? 더 잘살게 되면 무엇을 해 드려야지, 생각만 하다 어머님을 놓쳤다. 살면서 가장 후회되는 일은 시집이나 친정 부모님께 효도를 못한 것이다.

어머님의 유언이 화장해서 산이나 들에 뿌려 달라고 하셨다. 화장을 해 선산에 뿌리고 나니 장례식이 너무나 간단했다. 어머님은 죽어서도 자손이 금초하느라 힘들까봐 그렇게 결정하셨을 것이라 생각한다. 선산 아버님 산소 옆에 자리가 있는데도 마다하시고 생전에 깨끗하게 당신의 사후를 부탁하셨다.

시간이 많이 흘렀음에도 어머님께서 해 주셨던 일이 새록새록 생각난다. 남편이 내게 잘못한 일 속상하게 했던 일을 말씀드리면 항상 내 편을 들어 주셨다. 늦은 나이에 공부하는 며느리에게 공책과 연필을 사라고 꼬깃꼬깃 접은 만 원짜리를 차 안으로 휙 던져 주시던 일, 당신이 가꾸던 채소를 맛있게 비벼 먹으면 보기 좋아하시던 모습, 막내며느리 바쁘게 산다고 김장할 때 마늘을 까서 내려 보내 주시던 일, 김장 때 쓸 고추 꼭지 따서 내려 보내 주시던 일, 소소하고 작은 일들이 고마웠다. 어머님이 편찮으셔서 내가 마늘을 까 보니 한 접을 까는 데 이삼 일 걸린다. 김장 고추 열 근 꼭지 다듬는 데 열흘 정도 시간이 걸린다.

힘없는 노인이라도 일하는 것은 장정 같다는 생각이 든다. 살아가면서 어머님이 해 주셨던 일들이 생각나고 뒤늦게 고마움을 깨닫는다.

부모님들께서는 없는 살림 사시느라 얼마나 고생을 하셨을까. 자식들은 기다려 주지 않는 부모님들께 너무 무례한 언행은 하지 않았는지 뒤돌아보아야 한다. 이미 돌아가신 부모님께는 어쩔 수가 없다. 살아 계신다면 마음만이라도 편안하게 해 드리는 것이 가장 큰 효도가 아닐까 생각한다.

부모님은 물질을 원하기보다 따뜻한 마음을 더 원하셨던 사실을 뒤늦게 깨닫는다. 나도 자식들이 장성하니 이런 마음이 든다. 그저 이혼하지 않고 자식 낳아 오순도순 웃으며 재미있게 살아 주길 바란다. 물질은 많지 않아도 건강하게 오순도순 행복하게 사는 모습을 보고 싶어 하셨다. 우리 엄니는.

"사시느라 고생하셨어요, 엄니. 부디 좋은 데 가세요. 안녕히 가세요. 엄니." 어머님이 생각날 때 하늘을 보며 이렇게 기도한다.

(2012. 11. 22.)

시집 한 권

    남매 모임이 있어 운천동 형님 집으로 모이는 날, 시집이 출간 되었다고 한 권씩 선물로 드렸다. 시숙들과 형님들의 아낌없는 축하를 받았다. 사 봐야 되는데 그냥 받아도 되느냐고 한마디씩 한다. 모두 기뻐해 주니 기분이 좋다. 손위 시누이가 상 위에 십만 원을 놓으면서 책값이라고 주신다. 선물이라고 사양해도 막무가내다. 돈이 적어서 그러느냐고 하면서 지갑에서 돈을 더 꺼내려고 한다. 십만 원을 냉큼 집으며 잘 쓰겠다고 고맙다고 인사를 했다.

    막내 올케인 나를 항상 예뻐해 주고 물심양면으로 챙겨주는 형님이다. 시집 출간이 어려운 일인데 바쁜 중에 큰일 했다고 칭찬해 주며 집안 경사라고 기뻐한다. 며칠이 지났는데도 고마운 마음이 사라지지 않아 곱씹어 본다.

내가 시집 한 권을 누구에게 선물 받았다면 선뜻 거금을 줄 수 있을까 하는 생각이 든다. 사는 형편이 옹색해서 만 원 한 장이라면 몰라도 십만 원은 손이 오그라들 것이라는 생각이 든다. 생각이 여기까지 미치자 시누이의 아름다운 마음이 눈물겹도록 고맙다. 마음과 돈이 똑같은 무게라는 표현을 보여 준다. 본받을 언행이라는 생각이 들며 나도 형님처럼 아름다운 마음을 가져야지 다짐한다. 나는 책을 선물 받을 때 기쁜 마음과 고마운 마음으로 받는다. 그런데 내가 책을 출간하고 보니 경제적인 것도 무시할 수 없는 것이었다. 책을 받는 사람은 어떤 마음인지 모르지만 주는 사람은 조심스럽기도 하고 기쁘기도 하고 부담도 되는 일이다.

예전에 함민복 시인의 〈긍정적인 밥〉 시를 읽으며 가슴이 아련하게 아파온 적이 있었다.

詩 한 편에 삼만 원이면
너무 박하다 싶다가도
쌀이 두 말인데 생각하면
금방 마음이 따뜻한 밥이 되네

시집 한 권에 삼천 원이면
든 공에 비해 헐하다 싶다가도
국밥이 한 그릇인데
내 시집이 국밥 한 그릇만큼
사람들 가슴을 따뜻하게 덥혀줄 수 있을까
생각하면 아직 멀기만 하네

글 쓰는 사람들은 마음이 올곧아 사회에 적응하며 살기가 어렵다고 한다. 사는 것이 수월하지 않아 배가 고프다고 한다.

한편으로는 고맙고 또 한편으로는 묘한 기분이 든다. 형님은 기쁜 마음으로 축하해 주는데 내 마음이 아름답지 못한 것인가. 우리나라의 책값이 한 권에 십만 원씩 해서 문학이 풍성하고 문화가 풍성한 나라가 되었으면 좋겠다는 욕심이 생긴다.

함 시인의 〈긍정적인 밥〉을 생각하며 나도 마음을 긍정적으로 바꾸기로 했다. 내 시집을 사 보는 사람이 많았으면 좋겠다. 쌀도 살 수 있고 국밥도 사 먹을 수 있으면 좋겠다.

형님처럼 내 시집을 비싸게 사 보는 사람도 있는데 모든 시집이 날개 돋치듯이 많이 팔렸으면 좋겠다. 그래서 시인들이 즐거운 세상이 되었으면 좋겠다. 글 쓰는 사람들이 배부른 세상이 되었으면 좋겠다. 프랑스가 조선을 수준 있는 나라로 보았다지 않았는가.

백범 김구 선생께서 소망하는 문화 수준이 높은 대한민국이 빨리 왔으면 좋겠다.

(2012. 12. 8.)

엄마 손

　문밖은 칠흑 같은 밤인데 밤새 차가워진 구들장에 서서히 온기가 전해져 온다. 부지런한 엄마 손이 새벽 군불을 지피신다. 아! 따뜻하다. 느끼는 마음도 잠시 어린것들은 다시 깊은 잠에 빠져든다. 코끝에 풍겨 오는 구수한 가마솥 밥 냄새, 된장찌개 냄새가 깊은 새벽잠을 깨운다.

　엄마는 겨울 농한기에 오일장을 다니면서 톱을 만들어 파시고 도장을 새겨 파시는 아버지의 새벽 밥상을 차려 방으로 들어오신다. 우리들은 아버지께서 혹여 맛있는 쌀밥을 남기실까 이불 밖으로 얼굴을 내밀고 기다린다. 어린 자식들의 마음을 아시는지 아버지께서는 슬그머니 수저를 놓으신다. 우리는 눈만 껌뻑이고 있다가 후닥닥 이불 밖으로 튀어나간다. 아버지가 남기신 밥을 눈도 다 뜨지 못하고 입으로 퍼 넣는다. 그러면 엄마는 야단을 치신다. 돈 벌러 가는 아버지 배고프시다고.

시계도 없던 옛날에 엄마는 오일장 가시는 아버지 새벽밥을 지으셨다. 군불을 지피고 식어진 구들장을 따뜻하게 덥혀 주시곤 하셨다.

엄마의 손은 온돌방의 구들장처럼 따뜻하고 은근하고 소박한 아름다움이셨다. 애써 가꾸고 꾸미지 않아도 엄마의 손은 따뜻하고 고마운 손이라는 것을 우리는 안다. 자식에게는 풍성하고 자식이 아프면 약손이 되고, 자식이 배고프면 보물 창고 같은 넉넉한 손이다.

가을밭에 무가 풍성하게 자라면 무를 쑥 뽑아 와 딱 딱 딱 도마소리와 함께 아삭아삭한 생채를 만드셨다. 햇콩으로 청국장을 만들고 맛있게 끓여 주셨다. 그 아삭한 맛과 구수한 맛을 어찌 잊을 수 있으리오. 지나간 어린 시절의 추억은 가슴속에 아련하게 젖어 오기 마련이다. 마냥 좋았던 시절도 돌아올 수 없기에 마음이 촉촉하게 젖어 온다.

떡 벌어진 푸른 배추로 김장을 하시고 김장 배추 켜켜이 넓적넓적하게 썬 무를 깔았다. 맛있게 익으면 젓가락 꼬챙이로 푹 찍어 하얀 쌀밥과 먹으면 꿀맛이었다. 엄마 손은 언제나 맛있고 만능 손으로 기억된다.

해수 천식으로 콜록콜록 기침을 하면서도 언제나 자식들에게 따뜻한 밥을 해 주셨다. 아버지를 도와 논일, 밭일, 집안일을 하시는 만능 손이었다. 엄마 손은 늘 바쁘고 한시도 쉬어 본 적이 없었다. 한겨울 냇가에서 맨손으로 빨래를 하고 오시면 뼛속까지 시려서 눈물이 그렁그렁하셨다.

쉼 없는 한평생 그리워하시는 것은 고향이었다. 대청 댐이 건설되면서 문전옥답이 물속에 잠기고 노년에 엄마 손은 할 일이 없어졌다. 할 일이 없어지면서 엄마는 쓸쓸해하셨다. 평생 흙을 일구고 사셨으니 그럴 만도 했다. 자식들은 편해진 엄마가 좋다고 생각했는데 엄마 마음은 그렇지 않았는지 쓸쓸한 기색이셨다. 노년에 할 일이 없다는 것은 죽은 목숨과 매한가지라는 말씀을 하셨다. 우두커니 앉아 있는 것은 살아 있는 것이 아니라는 말씀을 하셨다.

그리운 엄마 손은 가고 없지만 육 남매들이 모여 제사를 지낼 때면 깔깔 호호 웃으며 이야기꽃을 피운다. 언니가 엄마 손을 가장 많이 닮았는데 엄마 손을 닮아서 밉다고 이야기한다. 나는 그리운 엄마 손을 본 것 같아 반가운데 언니는 아닌가 보다.

세월이 많이 흘러갔음에도 나는 엄마의 만능 손을 닮지 않았다. 일도 잘하지 못한다. 음식도 엄마처럼 구수하고, 짭짜름하게 만들지도 못한다. 간도 맞지 않고 맛이 없다고, 식구들에게 지청구를 듣는다.

그리운 것은 가슴에만 사무친다. 그리움이 목구멍으로 넘어 오지 못하고, 가슴 밑바닥으로 가라앉아 덕지덕지 상처로 남는다.

(2012. 5.)

시장에서

청주 육거리 시장에 들어서면 왁자지껄하고 소란스러운 소리가 듣기 좋다. 사람 사는 것 같다. 사람들의 표정에서 생동감이 넘쳐흐르고, 사람들의 움직임이 살맛나게 한다. 육거리 시장은 인간미가 있어서 좋다. 내 어머니 같은 얼굴, 내 언니나 동생 같은 얼굴들이라 정이 간다.

이 부산스러움을 헤치며 "친구야 잘 지냈어?" "응." 하며 뒤돌아보는 친구의 등을 툭툭 두드린다. 자랑스럽고 대견하고 훌륭하다. 내 친구는 초등학교 동기동창인데 육거리 시장에서 노점 과일 장사를 한다. 노점에서 과일 장사를 하면서도 항상 밝고 긍정적이다. 힘들 텐데 성실하며 열심히 돈을 벌고, 셋이나 되는 자식들을 훌륭하게 키웠다.

큰 딸은 대기업에 성실하게 다니고 쉬는 날이면 엄마 일을 도와
주고 동생들을 잘 보살핀다. 작은딸은 많이 아팠는데 열심히 공부
해서 공무원이 되었다. 친구는 둘째 딸이 기특하고 대견하다고 한
다. 늦둥이 아들은 법대 이학년인데, 열심히 공부하고 착해서 마음
이 흐뭇하단다.

남편과 사별하고 어린 자식들을 키우며 얼마나 힘들었을까 생각
하면 마음이 짠하면서도 자랑스럽다. 봄, 여름, 가을, 겨울 노점에서
장사하며 늘 감사하며 행복하다고 한다. 더우면 더워서 고생, 추우
면 추워서 고생을 한다. 겨울에는 동상이 걸려 힘들다고 한다. 장마
철에는 손님이 없어 장사가 안 되고, 복숭아 나올 때는 복숭아 알레
르기로 고생을 한다. 봄에는 딸기가 금방 물러버려서 팔 수가 없어
손해를 본다고 한다. 지금은 단골 고객도 많아지고 도와주는 사람
도 많아서 행복하단다. 늘 감사하며 행복하다고 긍정적으로 말한
다. 특히 친정 큰올케가 많이 도와 줘서 고맙다고 한다.

어느 날 서로 안부 전화를 하다 가슴 아픈 사연을 듣게 되었다.
결혼해 서울에서 살며 삼 남매를 두고 행복하게 살았단다. 나이가
젊었을 때, 아침에 자고 일어나 보니 남편이 심장마비로 숨져 있더
란다. 그때 심정은 하늘이 캄캄하고 어린 자식들을 어떻게 키워야
되나 막막했단다.

서울 살림을 정리하고 친정이 있는 청주로 내려와 친정엄마가
하던 노점과일 가게를 물려받아 자식을 키우며 지금까지 먹고 살고
있다고 한다. 고생은 되지만 친정엄마 덕분에 잘 살고 있어 친정엄
마께 감사하다고 한다.

삼 남매를 대학까지 공부시키고 사회에서 자기 몫을 잘 감당하는 사람으로 훌륭하게 잘 키웠다. 여자는 약하지만 어머니는 강하다는 말이 친구를 두고 하는 말이다.

가끔 시장에 가 보면 아들과 딸이 엄마를 돕고 있어, 효녀 심청이 같고 효자 아들 같아서 대견하고 보기 좋다.

어쩌다 과일을 사러 가면 친구 왔다고 덤으로 더 주고 조금 상처가 난 과일은 팔 수 없는 것이니 가져다 먹을 수 있느냐고 물어보며 듬뿍듬뿍 챙겨준다.

내 남편은 경제 위기 때 사업이 잘 안 된다고 생활비를 안 줄 때가 있었는데 많이 힘들었다. 아들딸이 대학생인데 돈이 부족해서 힘들었다. 나는 힘들 때마다 친구를 생각하며 참고 이 고비를 잘 넘겨야지 생각하며 이 순간까지 왔다. 친구는 남편을 하늘나라로 보내고 삼 남매를 키우며 잘 살고 있는데 나는 엄살을 부리고 있구나 생각하며 훌훌 털고 일어난다. 나도 친구처럼 세상을 긍정적으로 바라보며 열심히 살려고 한다.

봄, 여름, 가을, 겨울이 지나갈 때마다 친구를 생각한다. 시내버스를 타고 육거리 시장을 지나가면 버스 안에서 친구를 보려고 고개를 쭉 뽑아 본다. 그리고 얼른 휴대폰으로 문자를 날려 보기도 한다. 잘 지내느냐고. 봄에는 딸기가 무르지 않나, 복숭아 알레르기로 고생하지 않나 걱정이 된다. 여름에는 장마에 장사는 잘되고 있나, 추운 겨울에는 얼굴은 트지 않나 손발에 동상은 걸리지 않았나 생각이 쏠린다. 아무 도움이 되지 못하면서 마음만 쓰인다.

열심히 사는 친구가 고맙고 자랑스러워 한정식집에서 점심을 대접하며 칭찬을 했더니, 이렇게 안 사는 사람도 있느냐고 반문한다. 세상에 너같이 열심히 살며 자식 버리지 않고 훌륭하게 키우는 사람 많지 않다고 하면서, 나라에서 표창장 줘야 된다고 했더니 깔깔 웃는다.

사는 것이 힘들다고 이혼하는 사람도 많은 세상이다. 사는 것이 힘들다고 자식 버리는 사람도 많은 세상이다. 사는 것이 힘들다고 남에게 민폐 끼치는 사람도 많은 세상이다. 이런 세상에 보석 같은 친구가 있으니 좋다. 아주 좋다. 내가 나약해져 주저앉고 싶을 때, 힘이 들어 세상을 놓고 싶을 때, 친구를 생각하며 용기를 내 본다.

사람마다 스승은 많고 다양하다. 많은 스승 중에 이 친구도 내 스승이다. 내 인생의 아름다운 스승이고, 내 마음 깊은 곳에 자리 잡은 훌륭한 스승이다. 친구가 늘 건강하고 행복하길 기원해 본다.

(2012. 2. 17.)

아들딸의 돌 그릇

소중한 그릇이나 아끼는 그릇이 있나, 그릇장을 뒤적이다 보니 모두가 그렇고 그런 그릇들뿐이다. 이사라도 하면 아무 미련도 없이 버리고, 유행이 지난 것들도 버릴 텐데 버리지 못한다. 마음에 미련을 두지 않는 그릇들도 쉽게 버리지 못하는 미련함 때문에 그릇들이 주인의 사랑을 받지 못하고 있다. 그렇다고 그릇이나 가구에 애착을 가지는 성격도 아니라서 애지중지 다루는 그릇이나 가구도 없다. 그러나 사람이 얼굴과 성격이 다르고 사연이 있듯이 그릇들도 가지게 된 사연들이 있어 아까워서 버리지 못한다.

이리저리 뒤적이다 보니 앙증맞은, 조그만 밥그릇이 눈에 들어온다. 순간 잊어 버렸던 추억과 함께 입가에 반가운 미소가 번진다.

아기 때 쓰던 딸아이의 밥그릇은 놋그릇이다. 아들의 밥그릇은 스테인리스로 된 그릇이다. 밥그릇을 사면서 느꼈던 기분과 밥그릇의 추억이 떠오른다.

세월이 이십 년도 더 흘러서 기억도 희미하다. 어떤 경로로 놋그릇을 샀는지 정확한 기억이 없다. 아마도 텔레비전에서 전문가들이 놋그릇이 좋다고 해서 산 것 같다. 놋그릇이 음식에 나쁜 성분이 있으면 제거하고, 전자파도 제거해 준다고 해서 옛 물건 파는 가게 앞을 지나다가 산 것 같은 생각이 든다. 놋그릇에다 밥을 퍼 주면 딸아이는 밥과 그릇이 뜨겁다고 했다. 어른 수저로 두 수저밖에 안 되는 분량의 밥을 삼십 분이나 앉아서 먹었다. 빨리 먹으라고 하면 목구멍이 작아서 밥이 목에 걸린다고 했다. 빨리 안 넘어 간다고 하면서 아주 천천히 먹었다. 밥이 목에 걸린다고 하니, 얼마나 우스운지 배꼽을 잡고 웃었던 적이 있다. 먹는 양이 적은 딸아이는 아기 때부터 초등학교 다닐 때까지 이 놋그릇에다 밥을 퍼 준 기억이 난다.

간수를 잘못해서 푸르게 녹이 났다. 팔이 아프게 닦아도 녹 난 흔적이 지워지지 않는다. 대대로 내려온 것 같은 놋그릇처럼 되고 말았다.

퇴근하고 온 딸에게 보여 주며 여기다 밥을 퍼 줄 테니 밥 조금만 먹고 살 빼라고 했더니, 이 놋그릇은 뜨거워서 싫었다는 말을 할 뿐이다. 아직 젊어서 그런지 어릴 때 쓰던 놋그릇에 대한 감정이 없다. 버리지 않고 잘 간수해 줘서 고맙다는 말을 듣고 싶었는데, 서운한 마음이 든다.

정말 존재조차 까맣게 잊고 있었던 아들아이의 밥그릇은 첫돌일 때 사 준 것이다. 스테인리스로 된 옴팡한 밥그릇과 국그릇이 얌전히 포개져 있다. 이 그릇에다 쌀밥을 소복이 퍼 주었다. 앙증맞은 손으로 푹푹 퍼서 눈 깜짝할 사이에 한 그릇을 뚝딱 비우고 밥 더 달라고 했다. 딸아이는 밥이 목구멍에 걸려 빨리 안 넘어간다고 해서 웃었는데, 아들아이는 게눈 감추듯이 밥이 목구멍으로 꿀떡꿀떡 넘어갔다. 신기하기도 하고 밥을 잘 먹어서 예쁘기도 했었다. 아들은 자기 밥그릇에 있는 밥을 빨리 먹고 누나 밥도 뺏어 먹거나 누나 몫의 음식을 늘 얻어먹고 자랐다. 애지중지 아끼던 그릇이 없었는데, 아이들의 첫돌 때 밥그릇을 발견하고 보니 참으로 소중한 그릇이 이것이구나 생각이 들었다.

지금 쓰다가 결혼을 하면 혼수품에 넣어 주어야지 하는 생각이 들었다. 옛것을 소중히 여기는 마음이 나에게는 있지만 아이들의 배우자는 어떤 생각일지 알 수 없는 일이다. 돌아가신 친정엄마께서 그릇이나 새로운 옷감이 생기면 딸들 시집갈 때 준다고 간수해 두던 그 마음을 이해하게 되었다. 그릇이나 물건에는 추억과 소망과 사랑이 함께 담겨 있다.

흘러간 세월은 잡을 수 없지만 남겨진 물건은 손끝에 남아, 흘러간 시간과 세월을 되돌려 주고 추억을 생각나게 한다. 과거가 없는 현재와 미래가 어디 있던가.

아이들의 첫돌 때 쓰던 그릇을 보면서, 삼십 년 전의 세월과 시간과 추억을 되돌려 보고 행복한 웃음을 웃어 본 하루였다.

(2012. 5.)

아버지 · 2

"큰고모, 아버지는 왜 말씀을 못 하셨어?"

내가 물어보는 말에 눈물을 쭈르륵 쭈르륵 흘리시는 큰고모는 땅이 꺼질 듯이 한숨을 쉬며 말씀을 못 하시고 가슴을 쾅쾅 치신다. 답답하고 억장이 무너지는 표현을 그렇게 하시면서 쪼글쪼글한 늙은 손으로 가슴을 치신다. 아버지가 말씀을 못 하신 것이 마치 자신의 잘못인 듯이. 그 모습이 얼마나 처절한지 앞에 앉아 물어보는 내가 민망할 정도였다. 나도 눈물을 참을 수 없어 같이 눈물바다를 이루었다.

"니 아버지를 생각하면 억장이 무너진다. 내가 니 아버지를 업어 키웠다. 아마도 핵교 들어가기 전이니까 일곱 살이나 여덟 살쯤이다. 배가 고파서인지 땡감을 물어뜯어 먹고 토사곽란이 났다. 땡감이 가슴에 얹혀서 맺혔다. 그 질로 죽을 만큼 열이 펄펄 끓고 죽음 직전까지 갔다. 가슴에 땡감이 내려갔는지 자리를 털고 일어났는데 멍하니 아무 소리도 못 듣고 아무 말도 못했다. 아픈 아이를 등에 업고 밖에 나가면 뭐를 달라고 소리를 지르는데 내가 못 알아들으면 저도 답답한지 내 머리를 뜯고 등짝을 두드리고 야단법석을 쳤단다. 일곱 살때까지는 아주 영특하고 말도 잘하고 착했는데……."

나는 아버지가 선천적으로 말을 못하는 줄 알았는데 땡감을 먹고 열병을 심하게 앓고 난 후 그렇게 된 것을 아버지 장례식에 오신 큰고모를 통해서 알게 되었다.

말을 못하시는 아버지가 창피하고 부끄러워서 피해 다니고, 마주치는 것도 싫어했던 철없던 초등학교 시절도 있었다. 언어 불구자이신데도 보은 산골에서 딸인 나에게 가기 어려운 중학교도 보내주시고, 양식이 귀하던 시절에는 하얀 쌀밥을 먹었으며 배고프지 않은 어린 시절을 보냈다. 부지런하고 책임감 강한 아버지 덕분이었다. 중학교 시절 문득 아버지의 고마움이 내 가슴에 스치고 지나갔다.

동네에서 부잣집들도 아들을 중학교에 보내지 않을 때인데, 여자인 나를 중학교에 보내주신 것이 너무나 고맙다는 생각이 들었다. 그리고 아버지와 딸이라는 천륜은 끊으려야 끊을 수 없고 떼려야 뗄 수 없는 사이라는 것과, 아버지를 아는 사람들 나를 아는 사람들이 다 아는 사실인데 감출 수도 숨길 것도 없다는 것을 깨달은 후에야 아버지를 이해하고 사랑하는 마음이 생겼다. 아버지가 존경할 만한 사람이라는 사실도 함께 깨달았다. 그때부터 아버지와 수

화로 이야기하며 웃고 의사소통을 하면서 지내게 되었다.

큰고모의 이야기를 어릴 때 들었더라면 아버지를 부끄러워하지 않고 평범한 부녀 사이가 되어 마음이 편했을 텐데 아버지 장례식 때 듣고 얼마나 가슴이 미어지던지 뼈가 녹아 흐르는 것 같은 느낌이었다. 말이 없는 깜깜한 세상을 살다 가셨으니, 그 암흑세계가 얼마나 외롭고 고독하셨을까.

자식 공부시키고 배불리 먹이기 위해 새벽부터 별이 뜨는 밤중까지, 농사일 하시고 농한기 때 오일장을 다니시며, 톱을 만들어 팔고 도장을 만들어 파셨다. 장에서 오실 때는 처자식 먹이시려고 과일이며 생선, 돼지고기를 손에 들고 들어오셨다. 우리 육남매는 산골 생활이지만 우리 입으로 들어가는 음식은 다른 집보다도 기름지고 고급으로 먹고 살았다. 아버지는 말이 아닌 가슴으로 마음으로 자식들을 사랑하고, 책임으로 사랑을 완성하신 분이셨다.

아버지의 진한 사랑을 더욱 뼈저리게 느낀 때가 IMF 경제 위기 때이다. 모두가 힘들어 가정이 풍비박산 나던 그 시절에 새삼 아버지가 존경스러웠다. 남편도 경제 위기 때 사업이 잘 되지 않아 가정을 돌보지 못하고, 생활이 어렵다고 이야기하는데도 돈을 주지 않아 고전을 했다. 생활도 어려워 작은 보탬이 될까 싶어 내가 생활전선에 뛰어들어 돈을 벌어 보니 사는 것이 고난의 연속이었다. 건강하며 배운 것이 많은 사람들, 타인과 대화가 가능한 우리들도 살기가 어려운데, 아버지는 언어 장애를 가지고 있으면서도 자식을 끝까지 보살펴 주신 그 은혜가 생각할수록 뼈에 사무쳐 녹아내리는 느낌이다.

명절에 성묘 가서 술 한 잔 따라드리고 와도 다 풀리지 못한 숙제가 내 가슴을 후려친다. 아버지께 생전에 다하지 못한 말! 아버지 존경해요! 아버지 사랑했어요! 이 한마디를 돌아가실 때도 못 했고, 살아계실 때도 못 했다. 저승 아버지가 계신 곳에 한 번만 갔다 올 수 있다면, 저승에 전화라도 한 번만 할 수 있다면, 저승에 편지라도 한 번 할 수 있다면 용서를 빌고 싶다. 아버지를 어린 시절 창피하고 부끄럽게 생각했던 것, 죄송하고 미안해요. 아버지 사랑했어요. 아버지 존경했어요. 이 말을 꼭 하고 싶습니다.

　아버지! 내 아버지! 사랑하는 내 아버지!

(2012. 5. 24.)

엄마의 시집살이

"○○야, 잘 있어라. 언니 말 잘 듣고."

초등학교 이학년 무렵, 엄마가 광목 치마저고리로 깨끗하게 갈아입고, 조그만 보따리를 품에 안고 말씀하셨다. 그 말을 듣고도 아이들과 공기놀이를 하면서 잡지도 못했다. 엄마 가지 말라는 말도 못하고 치맛자락도 붙잡지 못했다. 엉엉 울면서 엄마를 잡았으면 가지 않았을 텐데 멀뚱멀뚱 바라보고만 있었다. 공기놀이를 하면서 멍하니 엄마 가는 것만 바라보고 있었다. 광목 치마를 바람에 날리며 아랫마을로 내려가는 것만 바라봤다. 엄마가 가는 것이 서럽거나 무섭거나 그런 감정이 들지 않았다. 어린 마음에도 엄마가 집을 나가면 마음 편하게 살 수 있을 것 같고 행복해질 수 있을 것 같았다.

우리 집에서는 엄마의 행복을 찾아볼 수가 없었다. 새벽부터 밤 중까지 일에 치이고 일에 매였다. 엄마의 건강이나 인격을 존중해 주는 어른이 없었다. 자식을 위해서라면 열심히 일하고, 자식 배곯 지 않도록 최선을 다하셨다.

논밭으로 다니면서 열심히 일하시는 엄마를 할머니는 항상 들볶 았다. 할머니의 시집살이는 어린 내가 보기에도 지나칠 정도였다.

장에 다니면서 돈을 버시는 아버지의 돈을 훔쳐낸다는 억울한 누명을 자주 쓰셨다. 꼬리가 길면 잡힌다는 옛말처럼 드디어 사실 이 밝혀졌다. 범인은 아버지의 자식이었다. 엄마가 할머니에게 억 울하게 누명을 쓰고 닦달을 당해도 한마디도 안 하더니 마침내 엄 마의 누명이 벗겨지는 순간이 왔다.

아버지의 금고는 안방 시렁 위 높은 곳에 있었다. 하루는 아버지 와 할머니께서 엄마를 안방으로 데리고 들어와서 돈을 왜 훔쳐 냈 느냐고 닦달을 하셨다. 엄마는 당연히 안 훔쳤다고 하셨다. 정확한 액수를 아시는 아버지는 돈이 맞지 않으니 답답해하셨다.

기가 막힌 아버지께서 담배를 피워 물고 천장을 쳐다보다 시렁 위에 올라 앉아 내려오지도 못하고 있는 사람과 눈이 마주쳤다. 꼼 짝없이 시렁 위에 앉아 있는 사람을 발견하셨다.

할머니와 아버지께서 시렁 위에 왜 올라갔느냐고 다그치니, 아 버지 금고에서 돈을 꺼내 사탕 사 먹으려 했다고 실토를 했다. 어떻 게 시렁 위까지 올라갔느냐고 물으니 농문을 열어 밟고, 층층마다 올라가서 시렁 위까지 올라갔다고 했다. 그때서야 엄마의 억울한 누명이 벗겨졌다.

할머니께서는 금쪽같은 손자의 행위를 나무라시고 다시 그러면 안 된다고 따끔하게 훈계를 하신 후부터 손자의 나쁜 행동은 사라지게 되었다.

친정에 행사가 있어 모이면 우리는 그때 이야기를 웃으며 한다. 이야기를 들어 보면 돈 주는 사람은 없고, 먹고 싶은 것은 많아 그럴 수밖에 없었다고 하며 빙긋이 웃는다. 나쁜 줄 알면서도 했고 엄마에게 미안했었다고 한다. 이런 행동 때문에 엄마가 할머니에게 엄청난 시집살이를 당하고 살았다고 하면 웃는다.

할머니는 엄마가 앉아 쉬는 꼴을 보지 못하셨다. 꼭두새벽부터 늦은 밤까지, 그리고 명절에는 큰집 일까지 쉴 새가 없었다. 엄마는 늘 고단하고 몸을 돌보지 못한 탓인지 돌아가실 때까지, 해수 천식으로 고생을 많이 하셨다. 엄마의 가출은 그 뒤로도 여러 번 있었지만 이유를 아는 나는 엄마를 미워하지 않았다. 나가셨다가 우리가 걱정이 되면 들어오곤 하셨다.

나도 결혼해 살다 보니 남들에게 털어 놓지 못하는 마음고생이 있다. 누구에게나 그런 일들은 다 있는 것이다. 말하지 않고 가슴에 쌓아 두고 살며, 자식들 때문에 산다는 것이다. 그럼에도 불구하고 엄마라는 자리는 자식에게 토양이 되고 거름이 된다는 사실이다. 두꺼비는 새끼를 낳으면 자기 몸을 자식에게 다 뜯어 먹히고 죽는다는 것이다. 부모는 자식에게 먹이가 되는 존재이다.

부모는 끊임없이 광야를 걸어가는 나그네이다. 자식에게 끝없이 물을 퍼 주는 옹달샘이다. 세월이 많이 흘러 이런 사실을 깨닫고 보니 부모님에게 효도 못한 것이 죄송스럽다. 돌아가시고 나니 가슴을 치고 후회해도 소용이 없는 일이다.

돌아가신 부모님을 가슴속에 품어도 만 분의 일조차 은혜를 갚을 수가 없다. 살아계실 때 나 살기 바빠서 잘해 드리지 못한 것이 죄송스럽다. 매년 오월 팔 일 어버이날 부모님 가슴에 꽃 한 송이 달아 드릴 수 없음이 서운하고 허전하다. 어버이날이 돌아올 때마다 마음속으로, 송강 정철의 시조 한 수를 읊어 본다.

> 어버이 살아실 제 섬길 일이란 다 하여라.
> 지나간 후면 애닲다 어이하리.
> 평생에 고쳐 못할 일이 이뿐인가 하노라.

(2012. 5. 6.)

올케와 어미 소

전화 소리가 울려 받아 보니 친정 큰올케의 기분 좋은 목소리다.

"고모, 소 새끼 낳았어."

"그려, 뭐 낳았어?"

"응, 암 송아지 낳았어."

"축하혀, 우리 친정 오빠 언니 부자 됐네? 요즘은 수송아지보다 암송아지가 더 비싸지?"

"그려, 암 송아지가 더 비싸."

"한 번 더 축하혀."

"고마워."

전화기 저쪽의 음성도 밝고 이쪽의 음성도 밝다. 사심 없이 축하하고 서로서로 기분이 좋다. 그 일이 있고 몇 주가 지난 어느 날 또 전화기가 울렸다. 받아 보니 큰올케였다.

"고모!"

"왜?"

"우리 송아지 또 낳았어."

"그려? 축하혀. 뭐 낳았어?"

"응, 쌍둥이 낳았어."

"뭔 소리여? 송아지 쌍둥이?"

"응."

"아들이여? 딸이여?"

"응. 아들, 딸."

"뭔 소리여?"

"아들, 딸 쌍둥이라구."

"으하하하, 으하하하."

"<u>흐흐흐, 흐흐흐.</u>"

친정 올케와 나는 전화통을 붙잡고 둘이 서로 배꼽을 잡고 허리가 꺾어지도록 웃었다. 친정에는 이제껏 소가 쌍둥이를 낳은 적이 없다.

우리 친정은 앞으로 넘어져도 재수가 좋고, 뒤로 넘어져도 돈복이 터졌다고 덕담을 하면서, 한 시간을 전화로 떠들어댔다. 친정 큰올케는 좋은 일이나 나쁜 일이나 늘 소식을 주고받으며 나를 사랑해 준다.

이튿날 퇴근하고 남편과 함께 친정에 송아지를 보러 갔다. 쌍둥이 송아지보다 더 장관인 것이 나를 놀라게 했다. 대문을 들어서며

외양간을 향해 소들에게 늘 하던 대로

"잘 있었느냐?"

소리치며 소들에게 인사를 했다.

소와 인사를 하며 외양간 여물통을 들여다보니 송아지를 낳은 소 앞에, 하얀 쌀밥과 미역국이 놓여 있고 올케가 멋쩍게 웃고 서 있다.

"언니, 쌀밥과 미역국이 왜 여기 있어?"

"응, 소도 사람처럼 열 달을 고생해서 새끼를 낳았으니, 수고했다고 미역국 먹이고 몸조리 시켜야지."

"응? 그려. 역시 언니답네. 나는 그런 생각도 못 했는데."

우리는 방으로 들어가 수다를 떨고 웃으며 언니를 축하해 주었다. 그날 기분 좋은 밤을 보냈다. 나는 친정 올케에게 좋은 일이 있으면 샘 부리지 않고 아낌없이 축하해 준다.

친정 큰올케는 남에게 싫은 소리 안 하고, 남들에게 그때그때 최선을 다하는 사람이다. 사람에게든 집에서 키우는 짐승에게든, 사람이 흉내 낼 수 없는 숭고함이 있다. 인간다움이 있다. 나는 큰올케에게 아름다움을 배운다. 어떤 모양이든 아름다움을 배우려고 노력한다. 나하고 한 살 차이인데, 내가 생각하지 못하는 것을 생각하고 행동으로 옮긴다. 내가 하지 못하는 것을 척척 잘도 한다.

올케 앞에만 서면 노래 가사처럼 나는 작아진다. 내 키가 올케보다 조금 더 큰데도 올케 앞에만 서면 작아진다. 큰올케의 키는 작지만 마음이 태산 같은 사람이다. 키가 작아도 아주 큰 사람이다 백두산처럼 크고 높다.

나는 친정 올케를 존경한다. 내가 올려다보는 마음이 바다처럼
큰 사람이다.

(2008. 4. 7.)

은혜 갚은 까치의 교훈

치악산의 전설 이야기가 세상에 많았으면 좋겠다. 까치도 머리로 종을 울려 자식을 구해준 선비의 목숨을 구렁이로부터 구해준 이야기는 얼마나 아름다운지 마음이 따뜻하다.

연속극에서 배반과 불륜으로 얼룩지는 인간 세계의 추악한 내용이 방영될 때마다 연결 고리를 끊을 수 없을까 많이 생각해 본다. 시대가 물질만능주의와 성적위주로 변하면서 점점 악랄하며 끔찍해지고 있다. 연속극에서 재벌의 배반 횡포는 지옥을 방불하게 한다. 한마디로 정의하자면 인간이기를 포기하고 있다는 표현이 맞을 정도다.

돈이면 못할 것이 없다는 논리가 적용되고 있다. 그런 방송을 보고 모방하는 사람들이 또 얼마나 많은가. 아무 죄의식이나 양심의 가책을 느끼지 않는 사람도 많다.

　인문학을 중요시하지 않는 결과로 인륜과 도덕이 땅에 떨어지고 있다. 방송 심의 기관에서 철저하게 심의를 해서 세상에 해악을 끼치지 않도록 하면 좋을 텐데.

　어린 시절 엄마를 보면서 나는 엄마처럼 하지 말아야지 했다. 농사만 짓던 우리 동네는 우리 집보다 가난한 집이 있었다. 겨울이 지나고 봄이 오면 식량이 부족해 고생을 했다. 우리 집에 양식을 꾸러 오는 사람이 있었다. 꾸어 가면 언젠가는 반드시 갚아야 하는 약속이다.

　엄마는 양식을 꾸어 달라고 하는 사람에게 양식을 꾸어 주었다. 어린 내 눈에는 그것이 이상했다. 양식을 꾸어 가는 사람은 갚을 능력이 없는 사람들이다. 꾸어갈 뿐 한 번도 갚는 것을 내 눈으로 보지도 못 했고 갚았다는 말도 들어보지 못했다. 어느 날은 하도 이상해서 물어 보았다.

　"엄마, 저 아줌마가 양식 꾸어 가면 갚은 적 있어?"

　"아니, 갚은 적 없다."

　"받지도 못 하면서 왜 자꾸 꾸어 줘?"

　"밭도 없고 논도 없는데 무슨 수로 갚니."

　"그런데 왜 자꾸 꾸어 줘. 그만 줘."

　"받을 수 없는 줄 알면서도 꾸어 주는 것은, 그 집에 어른이 계시고 애들이 굶고 있어서다."

　받을 수 없고 갚을 수 없는 형편인 것을 알면서 그냥 주는 것이라고 하셨다. 엄마가 클 때 배고픔을 겪었기 때문인 것 같았다.

아버지 엄마와 할머니께서는 당신 자손이 배고프지 않게 하시려고 새벽부터 밤중까지 열심히 일하셨다. 아버지와 엄마는 자식들에게 희생하고 헌신하셨다.

호랑이라고 소문난 할머니는 우리가 밥 먹을 때 흐뭇하게 바라보셨다. 손자 손녀가 배부르게 먹는 것은 좋아하셨지만, 남에게 먹을 것을 주면 야단을 치셨다.

동네 아줌마들도 할머니께서 우리 집에 계실 때는 양식을 꾸러 오지 않았다. 할머니께서 안 계실 때 왔다.

한 아주머니는 며칠을 굶었는지 허기진 모습을 하고 우리 식구들이 일어나지도 않은 새벽부터 대문을 두드리고 마실왔다고 하며 들어왔다. 우리가 아침 먹을 때 아침밥을 얻어먹기 위해서다. 그때 아침밥을 먹던 모습은 지금도 잊을 수가 없다.

아버지가 싫은 내색을 했지만 마땅히 반기는 집이 우리 동네에는 없었다. 우리들도 싫은 내색을 했지만 아주머니는 워낙 배가 고픈 터라 개의치 않았다. 가끔 그렇게 새벽같이 마실을 왔다. 아줌마 댁은 자기네 땅이 한 평도 없었고 화전밭을 일구며 살았다. 쌀과 보리쌀을 가져갔지만 갚는 것을 못 봤다. 아주머니는 엄마가 보리쌀을 주려 하면 자기 남편은 보리밥을 싫어한다고 했다. 쌀밥을 좋아한다고 하면서 쌀로 달라고 했다. 어린 나이지만 너무 한다는 생각이 들었다. 지금 생각해 보니 '없는 살림에 굶고 사느라 아주머니도 고생 많이 하셨구나.' 연민의 정을 느낀다.

아침저녁 울타리 너머로 엄마를 부르는 아주머니에게도 받지 못하는 양식을 꾸어 줬다. 세월이 흘러 그 아주머니들의 아들이 고생

끝에 성공해서 잘살고, 부모에게 효도한다는 소식을 들었다. 그 이야기를 들으니 내 핏줄이 성공한 것처럼 기뻤다. 없는 살림이라서 그렇지 모두가 착했다. 우리 고향 사람들은 모두 순수하고 착한 사람들이다.

친정 오빠께서 사업을 하며 지인들로 인하여 많은 손해를 입었다. 우리 부모님은 어려운 시절 굶고 사는 사람들에게 많은 세월 적선을 하셨다. 부모님의 은공에 보답이 되지 않아도 좋은데, 오빠가 많은 손해를 입게 되어 속상했다.

전후 사정이야기를 듣게 되면서 피가 거꾸로 흐르는 느낌을 받았다. 그 집에 우리 엄마가 오랜 세월 양식을 많이 적선했는데, 오빠에게 손해를 끼치게 되었다니 서운한 마음이 들었다. 중간에서 도움을 주려 했겠지만 결국에는 도움이 되지 못했다.

불가에서는 배고픈 사람에게 음식 공양이 최고의 공덕이라고 했다. 우리 집에서 양식을 꾸어 가고 갚지 못했다는 말을 아주머니께 들었을 것이라 짐작한다. 그 양식으로 자기네 식구들이 허기를 면하고 살았다는 사실을 알 텐데 하는 생각이 든다.

잘살고 있으면서 고마움을 갚지는 못 해도 손해는 주지 말아야지 하는 마음이다. '배반이 이런 것이구나.' 하는 생각이 든다. 오빠가 입은 금전적인 손해 때문에 마음을 많이 다치셨다. 부모님 다음으로 존경하는 오빠인데, 손해를 입힌 사람들에게 실망을 금할 수가 없다. 지금이라도 은혜 갚은 치악산의 까치처럼 되면 얼마나 좋을까 생각해 본다.

연속극이나 주변을 보면 부자들은 없는 사람이나 성실하게 열심히 사는 사람들에게 피해를 주고 손해 끼치는 것을 보면서 이런 생각이 떠오른다.

　은혜를 갚지는 못해도 손해를 끼치지 않는 선한 사회가 되었으면 좋겠다. 모두가 역지사지하며 어렵게 살았던 과거를 기억해서 밝은 사회가 되었으면 좋겠다. 그래서 나는 남에게 피해를 주지 말아야지 다짐한다. 은혜를 받았으면 작게나마 보답을 하고 살아야지 다짐한다. 죽어서도 한 점 부끄럽지 않도록 말이다.

(2013. 1. 8.)

어머님 전 상서

사랑하는 엄마!

평안하시지요.

몹시도 추웠던 지난겨울 해수 천식으로 고생하시면서도 무사히 추위를 이기고 봄을 맞은 엄마에게 사랑의 편지를 띄웁니다. 엄마라는 말을 불러 볼 수 있어 행복합니다. 불러도 질리지 않고 가슴 밑바닥으로부터 따뜻한 온기가 전해져 옵니다. 마음속으로 엄마 아버지를 불러 보면 어찌 그리 눈물이 흐르는지 모르겠습니다. 엄마는 저에게 이 세상 누구보다도 소중하고 귀하며 사랑하는 분입니다. 엄마, 저의 세대 부모님을 생각할 때 이런 마음이 듭니다.

제 자식들은 저를 그렇게 생각하지 않아 섭섭하고 서운하다는 생각이 듭니다. 가장 서운할 때가 컴퓨터로 문서를 작성할 때입니다. 컴퓨터를 잘 다루지 못해 물어 보면 퉁명스럽고 불친절합니다. 먼젓번에 가르쳐 주었는데 그것도 모르냐고 무시할 때입니다. 미안하다 잊어 먹었다 말하면 한심하다는 듯이 면박을 준답니다. 그런 아이들과 실랑이를 하고 나면 문득문득 저 어릴 적 생각이 나요.

제가 클 때 엄마 아버지께 다정하지 못하고 친절하게 대하지 못한 것을 반성합니다. 마음 깊은 곳에서 죄송한 마음을 감출 수가 없습니다. 서운하고 섭섭하게 해 드려서 죄송합니다. 그럴 때 서운하고 섭섭하다고 나무라고 야단을 쳐 주시지 않으셨나요. 많이 섭섭하셨지요? 결혼하고도 저 살기 바빠 잘해 드리지 못해서 죄송합니다. 제 자식이 저에게 서운하게 대해 주는 것을 생각하다 보니, 저도 엄마 아버지께 이렇게 했겠구나 생각합니다. 자식에게 서운한 마음이 드실 때 얼마나 가슴이 무너졌을까요. 어리석은 이 딸은 때 늦은 잘못을 후회하며 용서를 구합니다.

어른들이 속 썩이는 자식들에게 하시는 말씀이 "너도 결혼해서 더하지도 말고 빼지도 말고, 꼭 너 같은 자식을 낳아 봐라. 그때는 내 속을 알 것이다."라는 원망의 말씀을 하시던 것을 이제야 깨닫게 됩니다.

좋은 시절 다 보내고 인생의 끝자락에서 때 늦은 후회와 아쉬움을 가져 보지만 돌이킬 수 없는 시간이 되었습니다. 지금 이런 생각이 들지만 어느 순간 이 마음이 무너질지도 모르지요. 그럴 때가 오면 따끔하게 혼계해 주세요. 나이가 들어가지만 엄마에게 야단맞을 때는 저도 부모님에게 사랑 받는 자식이구나 생각하며 뜨거운 눈물을 흘리고 싶어집니다.

존경하는 엄마!

연초에 해외여행을 다녀왔습니다. 태국 푸켓이라는 휴양지인데 엄마 아버지 생각이 많이 났습니다. 그곳에는 젊은 시절 열심히 살았던 노부부들이 많았습니다. 늙어서 부부끼리 해로하며 인생을 즐기려고 오신 분들이었습니다. 우리 엄마 아버지도 저분들처럼 열심히 사셨는데, 이렇게 좋은 곳도 구경시켜 드리지 못한 것이 죄송했습니다. 아주 작은 마음만 있어도 부모에게 다정하고 친절하게 할 수 있는데, 그렇게 하지 못한 것을 반성합니다.

부모님은 큰 효도를 바라지 않고 마음 편한 것을 바라는데, 자식들은 큰 것을 해야 효도하는 것인 줄 알지요. 제가 부모가 되어 보니 '부모의 마음이 이런 것이구나.' 깨닫게 됩니다. 좋은 것이나 맛있는 것이 있으면 부모님 생각은 나지 않고, 자식 생각이 먼저 나 자식 입에 넣어 주기 바빴지요. 자식이 다 커서 저를 무시하니 서운한 생각과 함께 괘씸하기까지 합니다. 낳아 키워 준 은공도 모르고요. 자식에게는 애틋한 마음도 밤낮 근심 걱정도 부질없는 것이구나 하는 생각이 듭니다. 인생은 물처럼 흐르고 구름처럼 부질없이 흘러가는 것이구나, 깨닫습니다. 속 끓이지 말고 순리대로 살자 다짐합니다.

엄마, 밖에는 봄 햇살이 퍽 따뜻합니다. 어린 시절 양지바른 쪽에 앉아 해바라기 하던 생각이 절로 납니다. 따뜻한 햇살 한 조각에도 행복했던 어린 시절은 영영 돌아오지 않습니다. 엄마, 고향의 봄은 참 바빴지요. 고향에서처럼 일하고 살면 부자 안 될 사람이 없을 겁니다. 엄마, 아버지께서는 참 부지런하셨지요.

엄마, 아버지 만나 고생 많이 하셨습니다. 여섯이나 되는 자식들 건사하느라 당신 몸은 병들고 지쳐도, 원망을 쏟아 놓지 않고 안으로 삭이셨지요. 저도 엄마 인생처럼 힘든 것 내색하지 않고 사느라 마음고생 많이 했습니다. 엄마가 그렇게 살아서 그것이 정답인 줄 알았지요. 아프면 신음 소리도 내고 넘어지면 일어나지 말고, 넘어진 김에 쉬어 가는 꾀병도 할 줄 모르고, 미련스럽게 앞만 보고 살았지요. 남들에게 말하면 부끄러울까봐 말도 못하고 살았어요. 엄마를 원망하는 것이 아니고 제 본보기가 되어 주셔서 고맙습니다. 엄마처럼 살았기에 이만큼 살게 되었다고 자랑하고 싶습니다.

사랑하는 엄마!

하나님이 언제 부르실지 모르지만 우리 곁에 오래오래 계시기를 바랍니다. 엄마 목소리 듣고 싶어 전화하거나 달려가면 들을 수 있어 좋았습니다. 맛있는 것 먹을 때 엄마 아버지와 함께 먹을 수 있어 행복했습니다. 잘해 드리는 것도 없는데 우리가 행복하자고, 자식 좋자고 엄마 아버지께 무리한 부탁을 하는 것인가요? 사는 것이 힘들어도 우리 가슴에 한이 쌓이지 않도록 오래 사세요.

따뜻한 봄이 오면 두 분 모시고 여행을 가고 싶어요. 엄마 아버지, 바람이 아직 차갑습니다. 건강 조심하십시오. 건강이 안 좋지만 부디 오래오래 살아 주세요. 부탁해요. 안녕히 계십시오.

2013. 2. 28.
둘째 딸 문재 올림.

잊어버린 조각들

　　일 년에 몇 번씩 콩조림을 해 먹는다. 콩조림을 먹으며 딸에게 검정콩과 염소 똥 이야기를 해 주면, 어릴 때라 기억이 안 난다고 하며 웃는다. 아이들 키우며 소소한 것들이 행복이었고 아름다운 날들이었다.

　　젊었을 때 어른들이 하신 말씀이 생각난다. 아이 키울 때가 재미 있고 행복한 때라고 하셨던 말씀이. 그때는 아이들이 빨리 커서 내 손을 떠나는 것이 좋은 것인 줄 알았다. 그때는 왜 그런 것들을 모르고 지냈는지 모르겠다.

　　신혼 때는 일주일에 두세 번은 친정 나들이를 했다. 푸성귀를 넣고 맛있게 밥을 비벼 먹은 후, 어린 딸과 조카를 데리고 웃고 떠 들면서 밭으로 가는 중이었다.

딸아이가 "엄마, 콩." 하면서 땅에 떨어진 것을 손가락으로 가리
킨다. 딸아이가 가리키는 것을 보니 땅에 검정콩이 드문드문 떨어져
있다. 아까운 생각에 하나씩 주워보니 콩이 아니고 염소 똥이었다.
콩이 아니고 염소 똥이라고 하니 딸은 "엄마, 콩이야." 한다. 드문드
문 떨어진 것이 검정콩조림처럼 까맣고 반짝반짝 윤이 난다. 콩인지
염소 똥인지 구별이 안 가고 똑같다. 딸은 엄마 말이 믿기지 않는지
주워 들고 입에 넣으려고 한다. 얼른 손을 탁 쳐서 입에 넣지 못하게
하니 염소 똥이 땅으로 떨어졌다. 딸아이는 콩이라고 하며 울상을
짓고 또 주워서 입으로 가져간다. 딸아이 눈에는 엄마가 해 주는
검정콩조림과 염소 똥이 구별이 안 되는가 보다. 믿지 못하니 먹도
록 놔 둘 수밖에 없었다. 콩과 염소 똥이 구별이 안 되고 똑같으니,
콩이라고 다시 주워 입에 넣고 씹는다. 콩 맛이 아니니 쓰다고 퉤퉤
거린다.

조카들과 나는 배꼽을 잡고 허리가 아프도록 한참을 웃었다. 웃
고 나서 염소 똥을 다시 주워 딸아이 입에 넣어 주는 시늉을 하며
콩을 먹으라고 했다. 고개를 절래절래 흔들며 안 먹었다. 그때 딸아
이가 다섯 살 무렵이었다.

세월이 쏜 화살같이 빠르다고 하더니 어느새 나도 어른으로 가
는 길목에 서 있다. 젊은 날에 소중하지 않다고 생각했던 것들이,
지나고 나니 소중하고 아름다운 행복이었다.

소중하고 행복했던 일들이 아주 작은 조각이었다. 작은 조각이
모이고 쌓여서 행복한 일들이 되는데 지나쳐 버리며 살았다.

가치관이나 조건이 세월 따라 변한다. 정신수준에 따라 변한다.

상황에 따라 마음이 변한다. 젊은 시절로 다시 돌아간다면 소중한 것과 행복한 것을 구분해서 잘 살 수 있을 것 같다.

최선이라 여기며 살았던 것이 타인에게 상처를 안겨 주었다. 내 마음같지 않다고 서운한 감정을 드러냈던 것들이 부끄럽다.

추억으로 남기고 싶던 것은 별 것이 아니다. 추억으로 떠오르는 것이 소중하다. 작은 것들이 얼마나 아름다운지 모른다.

맛 없던 것도 맛있게 먹어 주던 아이들이 고맙다. 김치만 숭숭 썰어 넣고 빈대떡을 부쳐 주어도, 우리 엄마 요리 잘한다고 칭찬해 주던 자식들이 고맙다. 엄마 말이 법인 줄 알던 초등학교 시절의 자식들이 고마웠다. 엄마는 도깨비 방망이인 줄 알던 어린 시절의 아이들이 고맙다. 엄마를 존중해 주던 자식들이 고맙다.

모두 지나간 시절이 그립고 소중하다. 소박했던 일들이 알곡이 가득 찬 창고 같다.

앞으로 남은 날을 알곡처럼 창고에 차곡차곡 쌓고 싶다.

(2012. 8. 9.)

핏줄

 시댁 작은아버님께서 운영하는 주유소에 남편과 함께 현수막을 설치하러 갔다. 작은 어머님께서 남편과 나에게 야단을 치셨다. 형제지간에 사이좋게 지내지 않고 형과 싸웠다는 이유였다.

 얼마 전 아주버님과 남편이 다퉜다. 말끝에 말이 나온다고 내가 형님과 아주버님의 흉을 보았는데, 그 말이 덮어지지 않고 풍선처럼 부풀려서 본인들에게 전해졌다. 발 없는 말이 천 리 간다고 시숙과 형님 귀에까지 들어가게 되었다. 두 분께서 화가 많이 나셨다. 아차 싶었지만 입을 떠난 말을 주워 담을 수가 없었다.

 서로가 서로의 입장만 이야기하게 되고, 형제간의 싸움이 커지게 되었다. 우리는 젊은 혈기에 명절에도 가지 않고 제사 때도 큰집에 가지 않게 되었다. 그리하여 작은아버님 작은어머님까지 알게 되었다. 결국에는 내 입방정이 화근인 셈이었다. 작은아버님 어머님께 혼이 나게 되었고, 전후 사정을 말씀드리게 되었다.

작은어머님께서 옛날에 있었던 일을 말씀해 주셨다. 작은아버님도 젊은 혈기 때 형제지간에 싸우셨다고 하셨다. 그런데 우리 아버님께서 동생인 작은아버님을 불러다 놓고, 형제지간에 사이좋게 지내지 않고 싸웠다고 야단을 치셨단다. 그 당시는 작은어머님도 우리 아버님이 이해가 안 되고 야속했다고 말씀하셨다. 지금 그 나이가 되어 생각해 보니 그때 우리 아버님이 야단치고 나무라신 것이 이해가 되신단다. 형제지간에 싸웠다니 우리 아버님이 걱정하시던 일이 이해가 되신단다.

손위 어른들은 손아래 자손들이 우애 있게 지내는 것이 보기 좋다고 말씀하셨다. 우애 있게 지내면 보기 좋고 싸웠다고 하면 가슴이 많이 아프다고 하셨다. 자손의 융합은 손위의 책임 같다고 하셨다. 우리 아버님도 그때 그런 마음이셨을 거라고 하셨다.

늘 열심히 사는 우리 부부에게 항상 칭찬을 해 주시더니 핏줄끼리 싸웠다는 말씀을 전해 들으시고 책망을 하셨다. 작은 어머님의 걱정하시는 말씀에 말을 참지 못한 내가 찔림을 받았다. 세 치 혀에서 나오는 말이 얼마나 무서운 것인가 하는 깨달음도 함께 얻었다.

만약 내 아들 딸이 싸우고 사이가 좋지 않다면 나도 가슴이 많이 아플 것이다. 부모로서 책임과 의무를 다하지 못한 자책감이 들 것이다. 마음이 안타깝고 쓰리고 한없이 무너질 것이다.

조상이라면 자손을 번성하게 하고 잘살게 하고 싶을 것이다. 이래서 한 가문이 이어지고 핏줄이 이어지는 것이리라. 한 시대가 가고 한 시대가 오고, 세상은 그래서 영원히 이어져 내려오는 것이리라. 그래서 피는 물보다 진하다는 말이 실감이 난다.

우리는 가도 내 자손이 또 그 끝을 연결하고 또 연결하며 이어져 가고 오는 것이리라. 이렇게 가고 오고하면서 이어지니 지구는 둥글고 둥근 것이리라.

(1997. 1. 9.)

눈길을 걸으며

작년보다 올해는 겨울이 빨리 왔다. 반기는 사람 없는데 추위도 빨리 찾아왔다. 겨울이 추워야 정상이지 싶은 마음도 잠시 눈이 펑펑 쏟아져 교통 대란이다. 차도 엉금엉금 사람들도 미끄러질까 봐 엉금엉금 걷는다. 소복이 쌓인 눈길을 걸으며 어린 시절 기억이 난다.

겨울만 되면 고생이 더 심하던 부모님 생각에 가슴이 아프다. 지금 내 나이가 아버지 어머니의 나이에 접어들어서 그런 것인가. 역지사지라는 말이 생각난다. 올 겨울 새벽 출근을 하며 아버지 어머니의 춥고 고단했던 겨울이 떠오른다.

농한기에 시골 오일장을 다니시며 톱을 만들고, 도장을 새겨 파셨다. 겨울 장을 다니시며 얼마나 추우셨을까. 아버지는 깜깜한 새벽 어머니께서 해주시는 뜨거운 밥 한 사발을 잡수시고 장에 가셨다. 추운 겨울 하루를 보내시고 어두운 밤에 무거운 짐을 지고 들어오셨다.

지금보다 더 추웠던 옛날 꽁꽁 언 몸으로 방에 들어오시면 아버지의 몸은 한참 동안 한기에 진저리를 치시곤 하셨다. 나는 아버지께서 그렇게 벌어 오시는 돈으로 중학교 등록금을 냈다. 한 번도 등록금이나 육성회비를 밀려서 내 본 적이 없다.

이렇게 눈이 펑펑 쏟아지는 새벽에도 아버지는 오일장에 가셨다. 입성이 부실해 많이 추웠을 텐데 어떻게 견디셨을까. 살아 계신다면 두툼한 오리털 코트를 사 드리고, 털이 수북이 들어간 모자와 신발을 사 드릴 수 있다. 지나간 세월이 너무 아쉽고 부모님께 효도 못한 것이 부끄럽다.

펑펑 쏟아지는 눈발 사이에서 가여운 아버지의 얼굴이 웃고 있는 것처럼 느껴진다. 가로등 위에서 쏟아지는 눈이 어릴 적 내가 보던 그 눈인가. 눈발은 변함이 없건만 세월은 이승과 저승으로 나누어 놓았다. 기억의 저편에서 아버지와 어머니는 나를 내려다보고 계신 것처럼 생각된다. 내가 아버지와 어머니를 그리워하는 것을 아실까. 자랄 때 이렇게 지난날을 기억하며 눈물짓고 가슴 아파할 것이라고는 생각 못했다.

매서운 삭풍에 부실하게 입고 항아리 머리에 이고, 공동 샘으로 물 길러 가시던 어머니의 모습이 눈에 선하다. 눈 오는 날이면 미끄러운 고무신을 새끼줄로 질끈 동여매고 걸으셨다. 해수 천식으로 콜록콜록 기침을 하시면서 청솔가지를 아궁이에 꺾어 넣으시던 모습도 생각난다. 개울에서 맨손으로 빨래를 하고 언 손을 호호 불며 종종 걸음으로 오시던 모습도 아프게 보인다.

예전에 추운 겨울 일하기 위해 어렵게 오리털 점퍼를 장만해 입고 남편과 함께 밖으로 일하러 다녔다. 오리털 점퍼를 입고 친정에 가니 어머니께서 "그 옷 따뜻하겠다. 따뜻하냐?" 물어 보시며 부러워하셨다. 그 말씀하실 때 아낌없이 벗어 드릴 걸 그때 못 벗어 드린 것을 두고두고 후회한다. 추운 겨울이 올 때마다 가슴을 치며 뼈아프게 후회한다.

내 생각에는 입던 옷이기도 했고, 일하러 다닐 때 너무 추워서 못 벗어 드렸다. 내년 겨울에 더 좋고 따뜻한 오리털 점퍼를 꼭 사드려야겠다고 마음먹었다.

그런데 엄마는 효도할 기회를 주시지 않았다. 겨울이 지나고 따뜻한 봄이 되자 다시는 올 수 없는 머나먼 하늘나라로 떠나가셨다.

빚을 내서 해 드리고 싶어도 받을 부모님이 안 계신다. 그때 그 말씀하시고 따뜻한 옷을, 얼마나 입고 싶었을까 생각하면 가슴이 미어진다. 추운 겨울이 오거나 오리털 점퍼를 입을 때마다 어머니의 음성이 들리는 듯하다. 어머니의 음성이 들릴 때마다 눈물이 앞을 가리고 가슴이 미어진다. 정확히 말하면 겨울이 올 때마다 오리털 점퍼를 벗어 드리지 못한 것을 가슴을 치며 후회한다. 효도할 기회를 놓쳐 버려서 가슴이 미어지고 한이 차곡차곡 쌓인다.

일제 강점기와 한국전쟁 직후 살기 어려운 시절, 아버지와 어머니께서는 얼마나 살기 힘드셨을까. 그 생각만 하면 가슴이 너무 아프다. 부모의 몫이 얼마나 무거웠을까. 육남매를 키우며 부모의 멍에가 무거워 내려놓고 싶지는 않았을까.

나는 경제 위기 때 남매만 키우는데도 엄마의 무게가 너무 무거웠다. 사립대학 등록금에 허리가 휘청거렸다. 엄마라는 멍에와 십자가가 너무 무거웠다.

작은아이 마지막 대학 등록금을 내고 나니 한결 마음의 여유가 생겼다. 나 살기 바빠 부모님의 고충을 느끼지 못하다, 눈이 오는 거리를 걷다 퍼뜩 춥게 사신 부모님 생각이 났다. 넉넉하지 못한 농촌생활과 육남매를 키우느라 고충이 많았음을 깨달았다.

올해는 유난히 빨리 찾아온 겨울 때문에, 아버지 어머니 생각이 더 많이 났다. 따뜻한 오리털 점퍼를 입으면 생각나고, 미끄러운 눈길을 걸으면 가여운 부모님 생각이 났다.

아이들은 희망을 꿈꾸며 살아가지만 어른들은 추억을 먹으며 살아간다. 나도 어느 사이 추억을 생각하며, 추억 속에 나 자신을 담그며 살아간다.

이제는 존재 이유가 과거의 일에 톱니바퀴가 맞추어져 돌아가는 내 자신을 발견한다. 미래로 나아가는 것만이 능사가 아닌, 과거를 돌아보며 온고지신을 생각해 본다.

나도 별수 없는 중년의 나이인가. 보수의 성격이 짙어지고 안정과 평안을 기대하며 살아간다. 더 무엇을 하고 싶지 않다. 큰 변화를 원하지 않는 주류의 성격이 나날이 짙어져 간다.

눈이 오는 날 눈길을 걸으며 부모님이 생각나 엉엉 울었다. 울고 나니 마음속이 후련하다. 불효생각에 부끄러워 가슴으로 눈물을 꿀꺽꿀꺽 삼켰다.

(2012. 12. 12.)

4부

꿈꾸는 만학도

　여건이나 조건을 탓하지 말고 시간을 아끼며, 길을 찾고 배우고 노력하라는 말이라 생각한다. 노력하고 길을 찾다 보면 길이 열리고 용기를 가지고 도전하다 보면, 성취할 수 있다는 말이라 생각한다.
　꿈꾸는 자 몸은 늙어도 마음은 늙지 않는다.

갈등 속에서 승리하는 비결

갈등에는 다섯 가지 종류가 있다고 한다. 생물, 안전, 소속, 자기 완성, 성취의 갈등이다. 믿음의 사람들은 육적인 것과 영적인 것에서 방황하고 많은 갈등을 겪는다. 신앙을 알고 나서 영적인 갈등을 겪는데 이 갈등을 겪고 이기면 인간적으로 거듭남과 새로움의 깨달음을 얻는다고 한다.

동물과 인간의 차이점은 깨달음에 있다고 한다. 깨닫고 난 다음 세상 모든 일에 생각하는 사람이 되고 깨달았을 때 감사함과 고마움을 느낀다고 한다.

이런 마음은 신앙의 힘이고 신앙 속에서 가능하다고 한다. 사람의 육신은 욕심을 탐하게 되어 있다. 그러므로 육신은 욕심으로 실패한다.

영적인 깨달음에 이른 사람은 욕심의 선과 악을 구별하는 능력이 있기 때문에 결코 악의 유혹에 넘어지지 않는다고 한다.

살면서 힘이 들고 주저앉고 싶을 때 육신의 나쁜 유혹이 오면 뿌리치기 어렵다고 한다. 그러기에 신앙의 힘이 필요하다.

주일마다 교회에 가서 목사님의 설교 말씀을 듣고 갈등과 유혹에 빠지지 않는 것도 진리에 도달하고 싶은 마음이 있기 때문이다. 세상 살면서 갈등을 많이 겪지만 선의 자리에 앉고 싶은 욕심이 있기 때문이다. 육신의 욕심이 자라면 죄가 따라오고 죄가 잉태한 즉, 사망이 따라온다고 성경 말씀에 기록되어 있다.

지금 세상의 모든 일에는 권모술수가 판을 치고 있다. 텔레비전을 보는 것이 끔찍할 때가 있다. 영화나 연속극을 보면서 아름다운 세상이라기보다는 무섭고 말세가 가까워졌구나 생각이 들 때도 있다. 모방 범죄가 늘어나는 것을 보면서 작가 정신이 수준 이하라는 생각이 들 때가 많다.

나는 마음이 피폐하기 전 목사님의 설교 말씀을 듣고 심신을 정화시킨다. 그 힘으로 또 일주일을 살고 한 달을 살고 일 년을 살아가며, 죄악 세상에 물들지 않으려고 노력한다. 늘 고맙고 감사하려고 노력한다. 감사는 보증 수표와 같아서 지금 현금이 없다고 해도 감사하면 감사의 선물이 미래에 다가오는 것이라고 한다.

≪탈무드≫에 "이 세상에서 제일 지혜로운 사람은 누구인가? 어떤 경우에 처해도 배움의 자세를 갖는 사람이다. 이 세상에서 제일 강한 사람은 누구인가? 자신과의 싸움에서 이기는 사람이다. 그리고 이 세상에서 제일 행복한 사람은 누구인가? 지금 이 모습 이대로

를 감사하면서 사는 사람이다."라고 했다.

나는 제일 행복한 사람이 되고 싶다. 아리스토텔레스는 "행복은 감사하는 사람의 것이다."라고 했으며 인도의 시성 타고르는 "감사의 분량이 곧 행복의 분량이다."라고 했다.

빌헤름 웰러는 "가장 행복한 사람들은 가장 많이 소유한 사람들이 아니라 가장 많이 감사하는 사람들입니다."라고 말했다.

감사가 없는 마음은 지옥과 같고 감사가 없는 가정은 메마른 광야와 같은 것입니다. 아무리 지식과 명예와 권세와 부를 많이 쌓아 놓았다고 해도 감사가 없으면 진정 풍요로운 삶을 누릴 수는 없다.

감사는 행복의 원료이며 풍요로운 삶의 재료이다. 인생을 성공으로 이끄는 에너지이다.

이 글을 읽고 감동을 받았다. 이 글처럼 흉내 내 보려고 마음을 다져 먹는다. 모르는 것보다는 알고 행하려고 노력하는 마음이 악에 물들지 않는 자세이기 때문이다.

그래서 신앙이 없는 것보다는 있는 것이 훨씬 자기 마음을 가꾸는 데 유리하다. 스트레스나 갈등에 처했을 때 올바른 선택을 하기도 쉽다. 목사님의 설교 말씀을 듣고 흐트러진 마음을 다스리기도 한다.

인간이 동물보다 더 나은 점은 깨닫고 행하는 자세가 있기 때문이라고 한다. 내가 동물이 아니고 인간이기를 소망하는 이유다.

긍정적인 사고방식은 생각하는 것이 이루어진다고 한다. 또 타인에게도 좋은 반응과 영향을 준다.

이만하면 갈등 속에서 승리하는 비결이 깨달음이라는 사실이 믿어지지 않는가?   (2013. 8. 18.)

꿈꾸는 만학도

아까시 향기가 마음을 포근하고 향기롭게 한다. 아까시 향기는 만족감과 행복감을 더욱 짙게 하고, 향기를 맡을 수 있는 이 시간을 감사하게 받아들인다.

옥불탁玉不琢이면 불성기不成器하고 인불학人不學이면 부지의不知義니라. (옥은 다듬지 않으면 값비싼 그릇을 이루지 못하고, 사람은 배우지 않으면 옳음을 알지 못하느니라.) ≪예기≫ 편에서 이 글귀를 배울 때 망치로 머리를 얻어맞은 느낌을 받았다. 그래, 배우자. 배워야 후회하지 않고 산다.

끝을 알 수 없는 허기진 고통, 정신적으로 채워지지 않고 만족할 수 없는 배움의 갈급한 심정은 밑 빠진 독에서 물이 계속 빠져나가는 그런 기분이라고 할까. 아무리 채우려 해도 채워지지 않았으며,

책을 파고들어도 채워지지 않는 허전함이었다. 배우고 싶은 욕망은 눈을 뜨나 감으나 바닷물로도 채우지 못하는 허기였다.

정신과 육체를 혹사시키고 달래 보아도 배우지 못한 욕망은 무의식 속에 자리 잡아 자신을 볶아 대기 시작했다. 어떤 식으로라도 공부를 하고 말아야지, 차일피일 미루다 보면 아까운 시간만 흘러갈 것 같았다. 코앞에 죽음이 와 있다면 가장 후회되는 일이 무엇일까 생각하니, 공부하지 못한 것이 가장 먼저 떠올랐다. 배우고 싶은데 못 배운 설움은 혼자만의 생각이지만 세상사 모든 것이 혼자만의 가치관에 따라 달라질 수 있는 것이 아니던가.

불혹의 나이에 결단을 했다. 더 늦기 전에 공부하기로. 공부는 내가 해야지 남편이나 자식을 통해 대리만족을 느끼는 것은 바보짓이라는 결론이 났다.

제삼자를 통해서는 만족과 행복을 느끼지 못한다는 사실이다. 생각이 머릿속에만 머무는 것은 자신에게 아무 소득이 되지 않는다. 생각했으면 행동으로 옮겨야지 결과를 얻을 수 있다. 불혹의 나이에 고등학교 공부를 하기로 마음먹었다. 늦었다고 느낄 때가 가장 빠르다는 옛말을 생각하면서.

방송통신 고등학교에 입학하여 라디오 방송으로 고등학교 공부를 시작했다. 매일 가는 학교는 아니었지만 만족감과 행복감은 세상 어떤 것과 비교할 수 없을 만큼 컸다. 고등학교 공부를 시작하고 보니 더 일찍 하지 못한 것이 아쉬웠다. 이런 길이 있다는 것을 빨리 알았으면 좋았을 텐데, 늦게라도 알아 시작했으니 다행이었다. 온 세상이 솜사탕 같은 달콤한 맛이었다. 무엇이든 만족했고 행복했다. 세상은 종이 한 장 차이였고 긍정의 힘이었다. 더 무엇을 바라고 욕심을 부리지 않아도 행복은 다 내 것이었다. 언제 어디를 가도 행복했고 모든 사람들도 나처럼 행복해 보였다. 그렇게 행복한 삼 년이 흐르는 물같이 흘러갔다.

이제 더 바랄 것이 없는 상태가 되었을 때, 슬그머니 대학교 공부도 하고 싶어졌다. 대학교 공부를 하고 나면 죽어도 여한이 없을 것 같은 마음이 들었다. 이 마음에 결정적으로 조언을 해 주신 고등학교 문학 선생님의 말씀이 있었다. 대학을 가지 않아도 대학 수학능력 시험을 보라는 충고를 해 주셨다. 막상 대학교를 가려고 하면 수능 점수가 있어야 한다는 것이었다. 라디오 방송으로 공부한 실력이 얼마나 되는지, 실력도 알아보자는 맹랑한 발상이 꿈틀거렸다. 남편의 만류에도 아랑곳없이 수능을 봤다. 방송통신 대학교 국어 국문학과, 청주 대학교 국어국문학과에 원서를 냈다. 두 곳 모두 합격이 되었다. 얼마나 기분이 좋은지 하늘을 날아다니는 것만 같았다. 청주 대학교 국어국문학과에서 합격 통지서가 방송통신 대학교보다 이틀 먼저 도착했다. 혼자 공부하는 어려움을 알기에 이왕이면 청주 대학교에 가서 교수님들에게 직접 강의도 듣고 질문도 하고 싶어졌다.

딸 아들의 고등학교 중학교 학비도 만만찮은데 경제적인 압박감이 들었다. 그렇지만 대학교 공부를 하고 싶은 욕망은 간절했다. 무의식 속에 감추고 살기에는 공부하고 싶은 꿈이 너무나 컸고 절실했다. 포기하기가 아까웠다. 경제적인 문제도 있었지만 내 꿈과 소망이 더 간절했고 소중했다. 집안의 경사라고 축하해 주며 시숙들께서 열심히 공부하라면서 입학금과 등록금을 마련해 주셨다. 고마운 시숙들 덕분에 청주 대학교에 입학했다. 내 나이 마흔네 살에.

낮에는 자식을 키우며 집안일과 남편 사업을 도와주고, 밤에는 대학교 공부를 하기 시작했다. 아마도 천국이 이런 세상일 거야 상상하면서 열심히 공부하고 일하면서 행복을 꿈꿨다. 꿈같은 나날, 도저히 나에게는 이루어질 것 같지 않던 대학 공부가 나를 천국에서 살게 해 주었다. 내 기도를 들어주신 하나님께 감사하고 시숙들께 감사했다. 열심히 공부하다 보니 장학금도 받게 되었다. 경제적인 사정이 좋지 않아 한 학기만 다녀 보려고 마음먹었던 일들이, 장학금을 받게 되면서 학업을 계속할 수 있게 되었다. 사년 내내 구름 위에 둥둥 떠다니는 기분으로 열심히 공부하고 일하며 살았다.

아들딸 같은 아이들과 같이 공부했다. 내 인생에서 이십 대를 두 번 사는 기분으로 살았다. 하루 세 시간 네 시간을 자도 마음은 하나도 힘들지 않고 피곤하지도 않았다. 그런데 마음과 달리 몸은 얼마나 힘들고 피곤한지 시도 때도 없이 졸음이 쏟아졌다. 마음의 양식과 정신적인 가치는 그 자체만으로도 육체의 만족과 정신의 만족을 충족시켜 주었다. 피곤하지만 전공과목과 교직 공부를 병행했다. 공부하며 일하는 삶 그 자체가 행복이었고 기쁨이었다.

딸과 아들이 대학교 고등학교 공부를 할 때가 IMF 직후 어려운 때였다. 경제적인 사정이 좋지 않아 공부를 계속할 수 없었다. 최선의 방법으로 청소부 일을 시작하면서 남은 대학 공부를 무사히 마칠 수 있었다. 나에게 대학 공부도 중요했지만 대학 공부를 마칠 수 있도록 뒷바라지 해준 청소부 일도 참으로 중요하고 소중한 경험이었다.

영국의 어느 청소부가 자신은 행복한 청소부라고 했다는데 나도 청소 일을 하면서 대학교 공부를 하니 그때가 가장 행복했었다. 내 인생에서 가장 빛나는 시절이었다. 평생 하고 싶던 대학교 공부를 할 수 있었으니까. 또 대학 공부를 할 수 있도록 꿈을 꾸게 했고, 꿈을 이루어 주었기 때문이다. 청소 일을 하면서 대학 공부를 마쳤다. 중등 국어 교사 자격증을 땄다. 교사 자격증 덕분으로 지금은 초등학교에서 보육교사로 근무하고 있다.

지금 초등학교 학생들을 보면 내가 다니던 초등학교 때와는 많이 다르다. 그때를 생각해 보면 눈물이 난다.

현재는 물자도 풍부하고 국가에서 아낌없는 지원도 해 주고, 배우려고 노력만 하면 길은 다 열려 있어 행복한 공부는 식은 죽 먹기다. 아무리 생각해도 나의 초등학교 때와 현재의 초등학교 생활은 많이 다르고 격세지감을 느낀다. 우리나라가 이만큼 잘사는 나라가 되어서 참으로 기쁘고 행복하다.

아름다움과 행복감을 느끼는 것도 내가 꿈꾸던 바가 이루어졌기 때문에 느끼는 감정이다. 배우지 못하고 아는 것이 없었다면 알 수 있었을까 하는 생각이 든다.

지금도 보육교사 자격증을 따기 위해 공부하고, 한국어 교사 자격증을 따기 위해 공부한다. 지금보다 더 늙었을 때 우울증을 앓지 않기 위해, 취미생활을 하기 위해 색소폰도 시간 나는 대로 배우고 있다.

여기에 만족하지 않고 배우고 싶은 것이 있으면, 죽기 전에 더 배우려고 도전한다. 용기를 가지고 끝없이 도전한다.

≪명심보감≫ '근학편'에 이런 말이 있다. "오늘 배우지 않으면서 내일이 있다고 말하지 말며, 금년에 배우지 않으면서 내년이 있다고 말하지 말라. 날이 가고 달이 가니 세월은 나를 기다려 주지 않는다. 오호, 벌써 늙었도다. 이게 누구의 허물인가!"

여건이나 조건을 탓하지 말고 시간을 아끼며, 길을 찾고 배우고 노력하라는 말이라 생각한다. 노력하고 길을 찾다 보면 길이 열리고 용기를 가지고 도전하다 보면, 성취할 수 있다는 말이라 생각한다. 나날이 다달이 연년이 시간을 아끼고 노력하라는 말이 아닐까 생각한다. 시간을 낭비하지 말라는 말이라 생각한다.

꿈꾸는 자 몸은 늙어도 마음은 늙지 않는다.

(2012. 5. 15.)

내 생애 가장 기뻤던 일

배움에 목말라 허기진 마음을 어떻게 채울까 고민을 많이 했다. 공부하기로 마음을 먹고 용기 내어 도전하기로 결심했다. 대학 수학 능력 시험을 치르고, 대학교에서 날아 온 입학 통지서를 받았던 순간이다. 그 순간이 내 생애에서 가장 기쁘고 행복했던 순간이다.

만학으로 입학하여 세종대왕께서 만드신 ≪훈민정음≫을 공부하고, 해례본이 국보 70호라는 사실을 알고 공부한 그때가 행복했으며 빛나던 시절이었다.

세상이 온통 나를 위해 존재하는 것 같았다. 남들도 나처럼 행복할 것이라는 착각을 하며 공부하는 사 년 내내 구름 위를 둥둥 떠다니는 것처럼 살았다.

사람이 사는 세상은 자의든 타의든 행복의 조건은 자기 자신이

하고 싶은 일을 할 때 느끼는 만족감이 최고라는 믿음이다.

늦었을 때가 가장 빠르다는 말을 마음에 새기고 도전하니 길은 여러 군데에서 열렸다. 그 순간에 느꼈던 마음은 지금 죽어도 여한이 없다는 생각이었다. 행복했던 마음은 지금까지 살아오면서 긍정적인 마음으로 바뀌었다. 어렵고 힘든 일이 생겨도 입장을 바꿔 생각하며, 상대방을 이해하고 그 순간을 넘는 힘을 기를 수 있었다.

배우고 싶을 때 나이 탓을 하며 주저앉아 포기했더라면 지금의 나는 어떤 상황이었을까? 아마도 세상을 부정적인 시각으로 보고, 자신을 들볶는 한심한 인생을 살고 있을 것이다.

소설을 쓰고 싶다는 단순한 마음이 국어국문학을 선택하게 되었다. 소설 공부를 위해 귀촌해 농사지으며 글을 쓰고 싶었다. 공부하다 보니 중세 문법이 무척 재미있었다. 옛 문헌을 공부하며 훈민정음이 훌륭한 문자이고 독창적이며, 지금까지 어떤 변천 과정을 거치고 이어졌는지 알게 되었다. 천 년 전과 현재 우리가 쓰고 있는 말과 글이 시대에 따라 조금씩 변하며 이어져 오고 있다.

말은 있고 글이 없던 시대에는 한자를 빌려 썼다. 한자로 인한 병폐는 상상을 초월하는 것이었다. 일제 강점기 때만 하더라도 일본이 우리나라 사람들에게 어떻게 했는가. 우리말과 글을 빼앗고 쓰지 못하게 했으며, 일본의 말과 글을 쓰도록 강제적으로 억압했다. 지식인에게는 독립운동했다는 죄목을 씌워 생명을 빼앗았다.

백성을 생각하는 세종대왕이 없었다면 우리는 아직도 일부지식인에 의해 핍박받고 억압받는 굴레를 벗어날 수 없었으리라. 지혜와 용기와 결단력이 있는 임금을 만나서 백성 한 사람 한 사람이 모두 국보 70호가 되는 영광을 누리고 사는 것이라 생각한다. 세종 대왕께서 1443년에 만드시고 1446년에 반포하신 ≪훈민정음≫이 국보 70호이기 때문이다. 한글을 읽고 쓰고 말하는 사람들은 모두 ≪훈민정음≫을 소유한 것이라고 생각한다. ≪훈민정음≫을 공부한 것이 내 인생에서 가장 기뻤고 재미있고 행복했던 시절이었다.

앞으로 이런 행복한 시절은 없을 것이라는 생각이 든다. 대학교 공부하던 시절이 내 생애에 가장 빛났던 순간이다. 정신을 살찌우고 마음을 행복하게 만들었고, 앞으로 나아갈 방향을 그때 깨달았기 때문이다. 순간순간 어떠한 상황이 와도 수월하게 넘어가는 지혜가 생겼다.

사람마다 가지고 있는 재능과 능력은 타고 나기도 하지만 살아가면서 배우고 익힌다. 그 기본적인 것을 대학에서 배운다. 현재 대학입시가 줄 세우기 식이라고 비판하는 사람들도 있다.

어찌 사람이 하는 일에 실수가 없겠는가. 이것이 아니면 저것으로 조금씩 보완하고 수정하면서 역사는 발전하고 국가는 앞으로 나아가지 않던가.

살아오면서 순간마다 결정해야 하는 일들도 많고, 가지치기를 해야 하는 순간들이 있다. 가장 잘했다고 칭찬해 주고 싶은 것은, 늦은 나이에 용기를 내고 도전해 대학교 공부를 마친 것이다. 죽기 전에 꼭 해 보고 싶었던 일이었다.

코앞에 죽음이 왔을 때 가장 후회되는 일을 꼽으라면 공부하지 못한 것이었다. 지금 죽음이 나를 찾아오더라도 여한이 없다. 가장 해 보고 싶은 것을 해 보았기 때문이다.

한 나라의 역사든 개인의 역사든 노력하는 자만이, 원하는 것을 얻을 수 있으며 앞으로 나아갈 수 있다는 확신을 가진다. 행운은 거저 얻어지는 것이 아니다. 노력하고 실력을 쌓아 준비하고 있다 기회가 오면 잡는 것이다. 이 믿음은 경험과 체험으로 생긴 결과물이다. 행복하고 기뻤던 순간을 經驗했기 때문에 안다.

(2013. 3. 20.)

경복궁

광화문을 마주 보고 서 있자니 가슴이 벅차다. 경복궁 품에 안겨 보려 시간을 차곡차곡 쌓아 올려 오늘 마침내 보게 되었다. 수많은 시간은 오늘을 맞이하고자 빛났던 날들이었나 보다.

새해 찬바람을 등에 업고 흥례문 앞에 서니 마음이 평온하고 반갑다. 근정전 앞마당에 오니 조선시대 만조백관이 된 듯 품계석을 찾는 내 모습을 보는 듯하다.

근정전 실내를 보니 웅장함과 화려함에 압도된다. 조회가 시작되고 용좌에는 인자하고 다정한 세종대왕이 앉아 계신 듯하다. 고개를 돌렸다 다시 본 용좌에는 서릿발 같은 정조 임금님이 앉아 계신 듯하다. 무서워 천장을 올려다보니 용 두 마리가 꿈틀꿈틀 살아 움직이고 하늘로 승천하려는 듯하다. 임금님이 용이니 하늘을 상징하는가 보다.

근정전은 조선시대 건축의 아름다움을 자랑하고도 남는다. 처마의 웅장함과 날렵함, 아름다움에 탄성이 절로 나온다. 지붕에는 어처구니들이 잠도 안 자고 경복궁을 지키고 앉아 있다.

화마를 막으려고 뜰에는 해태상이 있고 확(둠벙)에는 물이 있다. 난간 돌에는 금방 피어난 듯 연꽃이 아름답다. 근정전 뜰에서 마당을 내려다보니, 장마철에 비가 오면 잘 빠지도록 검정돌이 얼기설기 깔려 있다. 돌 사이사이를 돌아나가는 물길이 그림을 보는 것같이 기묘하고 멋지다. 좌우 열을 지어 깔지 않은 조상들의 지혜에 감탄이 절로 나온다.

중국의 자금성보다 20여 년 먼저 지었다는데, 명절이라 그런지 우리나라 사람보다 중국인 관광객들이 많다. 건물을 감상하며 다니다 경회루를 보니, 꽃 피는 봄날과 단풍 드는 가을에 연회를 열고 계시는 임금님을 보는 듯 반갑다. 경회루 연못을 준설하다 동으로 만든 용이 발견되었다는데, 아마도 연못이니 용을 키워 하늘로 올려 보내려 했던 듯하다.

교태전 앞에 오니 왕비의 단아하고 우아한 모습을 보는 듯하다. 근정전에서 막중한 업무를 보시고, 피곤한 기색의 임금님이 이 앞에 서면 편안하고 푸근한 기분이 들 것이라 느낀다.

임금님이 곧 용이니 교태전에는 용마루를 얹지 않았다고 한다. 뒤돌아보니 교태전이 근정전을 내려다보고 품고 있는 모습이라 교태전의 의미가 매우 중요하고 기본적인 것을 알 수 있다.

왕비의 답답함을 풀어주는 뒤뜰의 정원이 아기자기하다. 굴뚝에 아름다운 그림이 꾸며져 있어 여인들의 무료함을 달래주고 있다. 언제나 한결같은 정겨움을 볼 수 있어 좋았을 것이라 여겨졌다.

자경전 담에는 십장생이 아름답다. 왕들의 마음 씀씀이가 어머니에 대한, 할머니에 대한 효심이 깊음을 표현하는 것 같다. 담장 안에서 여인들이 얼마나 답답했을까. 행동반경이 자유롭지 못해서 자유와 자연을 얼마나 그리워하며 살았을까. 구중궁궐의 부귀영화가 결코 인간의 행복조건이 아님을 깨닫는다.

후원으로 발길을 돌리니 비로소 마음속이 후련하고 시원하다. 과중한 업무와 갑갑증이 심했을 임금님이 왕비와 함께 정자에 앉으면 천국 같은 마음이었으리라.

꽃 피는 봄에는 천국이었을 것이다. 푸른 나뭇잎이 손짓하는 여름에는, 세상만사 근심걱정 없는 무릉도원 같았으리. 가을이면 나무에 단풍이 불붙고 열매가 풍성해 먹지 않아도 배가 불렀을 것이다. 이때는 농부의 고단함에 감사기도를 했을 것이다. 추운 겨울이 찾아오면 마음속이 허전하고 쓸쓸해서 눈 덮인 경복궁을 내려다보며 성군으로서의 자질을 다짐했으리라 생각된다. 후원의 봄, 여름, 가을, 겨울이 바뀔 때마다 사람의 마음도 변하듯 궁궐의 주인들도 마음가짐이 변하였으리라.

궁궐의 아름다움에 취해 걷다 보니, 내가 조선의 임금도 되어 보고 왕비도 되어 본다. 임금님의 고뇌와 갈등 사랑도 느껴 보고 왕비의 인내와 내전의 고단함도 느껴본다. 신분의 귀천에 따라 달라지는 세상사를 가늠해 본다. 그것을 지키고 유지해야 하는 몫과 수고로움이 엄청 날 것이라는 사실을 깨닫는다.

그래서 세상은 주어지는 몫에 따라, 인내의 깊이와 고통과 멍에가 비례한다는 것을 깨닫는다. 내게 주어진 몫이 가벼움을 감사하게 생각한다. 작은 그릇의 내 몫에 책임과 의무를 다하고자 다짐한다.

(2012. 1. 2.)

길

　창덕궁 후원 숲 속 길을 걷는다. 아름다운 이곳에 발을 들여놓기까지 반세기가 넘는 세월이 걸렸다. 청명한 오월 하늘을 가리는 크고 우람한 나무들이 근심 걱정 내려놓고 마음 편히 쉬었다가라 속삭인다. 일생에 품은 소원 하나를 이루니 마음은 울울창창한 나무 위에 사뿐히 앉는다.

　145,000평이나 되는 숲길을 한 발자국 한 발자국 걸을 때마다 부귀영화 권세를 누렸던 임금님의 목소리와 왕비님의 비단 치맛자락 끌리는 소리가 들리는 듯하다. 얼마나 많은 사람들이 후원을 아끼고 사랑했을까.

　작은 언덕을 하나 넘으니 부용지와 규장각이 보이는데 예쁘고 소박하다. 해설사의 설명을 들으며 정자에 앉아 부용정을 바라본다.

정조 임금께서 신하들과 시 짓기 내기를 하신다. 정조 임금은 시를 다 짓고 기침을 하시는데 신하들은 쩔쩔매고 있다. 시간 안에 시를 다 짓지 못한 신하들을 배에 태워 부용지 안에 있는 작은 섬으로 귀양을 보낸다. 실력이 모자란 신하들이 배를 타고 섬으로 귀양을 가니, 우리들은 배를 잡고 웃으며 박수를 쳐댔다.

능선과 능선이 만나는 곳에 골짜기와 골짜기가 합쳐지는 곳에 작은 연못과 소박한 정자가 반긴다. 후원 깊은 곳 북쪽에 다다르니 옥류천이 아기자기하다. 소요암 큰 바위를 깎아내고 그 위에 홈을 파서 휘도는 물길을 끌어들여 작은 폭포를 만들었다.

곡선형의 수로를 따라서 흐르는 물 위에 술잔을 띄우고, 시를 짓는 유상곡수연流觴曲水宴을 벌이기도 했다. 물을 휘돌아 흐르게 하고 술잔을 기울여 신하들과 자연을 즐기고 풍류를 즐겼을 임금님이 부럽다.

옥류천에서 정치적 고뇌와 갈등을 풀고 사랑과 자유와 자연을 그리워했을 임금님이 가여웠다. 옥류천이라는 친필을 소요암에 새기고 자연을 즐긴 인조 임금의 낭만을 느낀다.

오언절구를 소요암에 새긴 숙종 임금. 해설사의 설명을 들으며 정치적 고뇌와 갈등, 자유, 사랑을 그리워했을 임금님을 생각하니 안타까웠다.

유네스코 세계 문화재 심사위원들이 창덕궁과 후원을 심사하다, 옥류천을 보고 세계 문화유산으로 결정했다고 한다. 세계 어느 곳을 가든 아름답고 뛰어난 궁궐은 많다고 한다. 후원처럼 자연을 훼손하지 않고, 자연친화적으로 보호하고 가꾼 곳이 드물다고 한다.

우리 조상님들은 600년 전에 자연을 보호하고 아끼고 사랑하고 있었다.

임금님은 후원에서 책을 읽고 말을 달리고 풍류를 즐기면서도 구중궁궐 담 밖의 자유와 자연이 얼마나 그리웠을까. 백성들은 풍족한 생활은 아니지만 왕이 누리지 못한 자유와 자연을 누리고 살았으니 불행하다고만 할 수 없으리라. 사람 사는 몫은 다 같지 않으니까.

보고 싶은 아름다운 길을 걸으며 과거와 현재 미래 어느 것 하나 중요하지 않은 것이 없다는 생각을 했다. 임금님이 가야 하는 길이 있고 백성이 가야 하는 길이 있다. 남자가 가야 하는 길이 있고, 여자가 가야 하는 길이 있다. 사람마다 인생에서 주어지는 몫은 다르다. 나는 부모님이 물려주신 평범한 이 길을 도전하고 즐기며, 재미있게 행복하게 걸어가리라 다짐한다. 어느 길을 가더라도 가야 하는 길이라면, 선택이든 운명이든 받아들이면서 즐겁고 재미있게 가겠다.

조선의 흥망성쇠를 다 겪은 이 길이 600년을 넘게 이어져 오는 것도, 미래의 후손들에게 잘 보존하고 물려주어야 하는 책임과 의무라는 역사의식이 있지 않을까?

(2013. 5. 23.)

수원 화성과 행궁

　서장대에 서 보니 화성과 행궁이 한눈에 보인다. 어머니에게 효성이 지극했던 정조 임금의 발자취를 보고 있자니 마음이 짠하다. 세상을 다 가졌으면서도 당파싸움과 중신들의 세력 때문에 마음먹은 대로 하지 못하는 임금이 많았다.

　그럼에도 불구하고 정조임금은 수원 화성을 축조하고 행궁을 건축하였다. 양위를 하고 이곳에서 어머니께 효도하며 사실 계획을 세웠는데 꿈을 이루지 못하셨다. 왕권을 바로 세우고 정치를 개혁하고자 하는 마음이 컸다. 그러기에 얼마나 많은 노력을 했겠는가. 갈등을 뛰어 넘어야 하는 난관은 또 얼마나 많았겠는가. 정조 임금의 굳건한 마음을 느껴 보았고, 효성의 뛰어남도 느꼈다.

　수원에 도착하니 제일 먼저 웅장하고 아름다운 팔달문이 반겨

준다. 팔달문을 끼고 뒤로 돌아가니 수원 행궁이 아담하게 자리 잡았다.

화성 열차를 타고 정조 대왕 동상을 지나고 서일치를 지나 서북 각루에 오니 단단한 성곽이 나온다. 서북 각루를 거쳐 서북 공심돈을 지나 북 포루와 장안문이 나타나는데 웅장함이 팔달문 못지않다. 팔달문이 남문이라면 장안문은 북문이다. 북동적대와 북동포루의 위용이 대단하다. 북암문을 지나 동장대까지 가는 동안 정조 임금과 실학자인 유형원과 정약용의 꼼꼼함에 감탄했다. 수원 화성이 이제까지 본 성곽 중에 가장 치밀하고 아기자기하고 가장 아름답고 가장 뛰어나고 빼어났다.

수원 화성은 성곽의 꽃이라고 표현을 한다. 팔달문과 장안문 화서문 창룡문 4대문이 있다. 또한 포루와 봉돈이 있는데 아래쪽은 돌로 쌓고 위쪽은 벽돌로 쌓았는데 성곽의 곡선들이 아름답다. 포와 화살을 쏘기 위해 성곽과 포루에 작은 구멍을 내서 적으로부터 외침에 대비한 것과 기술도 훌륭하다.

수원 화성은 사적 3호이며 정조 임금의 아버지 장헌(사도)세자에 대한 효심에서 출발하고, 어머니(혜경궁 홍씨)에게 효도하려고 행궁을 건설하며 이루어진 성이다. 성곽과 행궁을 둘러보며 임금님의 효성에 감동을 한다.

수원 화성은 부친의 원침을 수원 화산으로 옮긴 조선 제22대 정조 대왕이 1794년 1월에 착공하여 2년 9개월 만인 1796년 9월에 완공한 성이다.

둘레가 약 5.7㎞ 성곽의 높이가 4~6m이다. 실학자인 유형원과 정약용이 설계했고 석재와 벽돌을 함께 썼고 화살과 창검, 총포를 방어하는 근대적 성곽 구조를 가졌다.

건축재를 규격화하고 거중기 등의 신기재를 이용하여 과학적이고 실용적으로 축조해 건축사상 독보적인 건축물로 평가받고 있다. 이후 200년 동안 성곽과 시설물이 무너지기도 했다.

특히 한국전쟁을 겪으면서 크게 파손되었다.

그러나 축조 상황을 기록해 놓은 ≪화성 성역 의궤≫를 보고 1975년부터 보수와 복원을 했다. 1997년 12월 이태리 나폴리에서 열린 유네스코 세계유산위원회 제21차 총회에서 세계문화유산으로 등록되었다.

행궁을 돌아보며 어머니에 대한 정조 임금의 효심에 감동을 했다. 행궁치고는 큰 규모이기도 했지만 어머니를 수시로 보기 위함인지 정무 보는 가까운 곳에 어머니의 방처럼 보이는 곳이 있었다. 텔레비전 연속극 〈이산〉을 방영할 때 어머니께 효도하는 정조 임금을 관심있게 보았다.

아픈 역사가 오늘날 세계문화유산으로 남기까지 거쳐야 했던 명암에 대해, 우리는 수박 겉핥기식으로 역사 공부를 한다. 역사는 당대에 정확한 평가가 이루어지지 않는다. 세월이 흐른 뒤에 재평가와 재해석을 한다. 역사가는 아니지만 화성과 행궁을 보며 정조 임금이 아버지와 어머니에게 최선을 다하고 효도했다는 것이 거짓이 아닌 진실이라는 사실을 믿는다. 우리는 심증과 추측은 믿지 않는다. 정확한 기록이나 물증으로 사실을 입증한다. 바로 화성과 행궁이 물증이며 역사적인 기록이다.

이곳에서 살기 위하여 성을 축조하고 궁을 건축했지만 두 분 모두 살아 보지 못하고 돌아가셨음이 안타깝다. 200년 전에 정조 임금이 정치를 개혁하고 문화를 융성시키고 실학을 키웠기에 지금 우리나라가 유네스코 세계문화유산을 가질 수 있었다. 당차고 능력 있는 임금을 우리가 조상으로 가졌기에 가능한 일이다.

역사는 흥망성쇠를 톱니바퀴처럼 굴리며 돌아간다. 화성과 행궁도 톱니바퀴의 한 부분이다. 지금 내가 살고 있는 대한민국도 그렇다. 우리는 나쁜 역사를 후손에게 물려주지 말아야 한다. 화성과 행궁처럼 좋은 문화유산을 역사의 증거물로 남겨야 한다.

(2013. 5. 17.)

세상에서 가장 신기한 것

세상에서 가장 신기하고 이상한 것 세 가지가 있다. 첫째 무거운 쇳덩이가 사람을 싣고 하늘을 떠가는 비행기다. 둘째 무거운 짐이나 사람을 싣고 바다에 둥둥 떠가는 배다. 셋째 깊은 바다와 강에 놓여진 다리다.

아무리 생각해도 내 머리로는 하늘에 떠가는 비행기가 신기하다. 아들 가진 부모는 자동차 타고 여행가고, 딸 가진 부모는 비행기 타고 미국 여행 간다는 옛말이 있다. 이런 말을 무시하더라도 나는 무서워서 비행기를 타고 싶지 않다. 사고가 나면 피해가 엄청나기 때문이다.

어느 해 부부 모임에서 제주도 여행을 가기 위해 오창 국제공항에서 비행기를 탄 일이 있다. 처음 타는 비행기라 너무 무서웠다.

주위를 둘러보니 모두 잠을 자고 있었다. 나도 눈을 감고 잠을 청해 보아도 잠이 오지 않았다. 창밖을 내다보니 구름이 둥둥 떠다니고, 파란 바다에 잔잔한 파도가 일고 있었다. 가다가 이 비행기가 바다에 떨어지면 어떻게 하나 무섭고 긴장이 되어 잠도 오지 않고 오금이 저렸다.

내가 탄 비행기가 바다에 떨어지면 딸과 아들은 어떻게 사나, 근심 걱정이 되어 죽을 지경이었다. 삼십 분 만에 제주 공항에 도착해서 일어나려니 오금이 저리고 온몸이 아파서 걸어 나갈 수가 없었다. 사람들에게 이야기했더니 잠깐 오는데 뭐가 무섭냐고 배꼽을 잡고 웃는다. 나는 삼십 분 동안 지옥에 갔다 온 것 같은데, 일행들은 뭐가 무섭냐고 깔깔거린다. 비행기 사고도 많고 폭발 사고도 많은 세상이라서 안심이 되지 않는다. 비행기는 추락하면 거의 다 죽기 때문에 무섭고 겁이 난다. 남들은 해외여행도 잘 다니는데 나는 촌스럽게 산다.

무거운 짐과 사람을 싣고 바다를 둥둥 떠가는 배도 너무나 신기하다. 물에 돌을 던져 보면 얕은 곳에는 퐁당 소리가 나서 깊지 않구나 생각한다. 깊은 곳에 돌을 던져 보면 아직도 돌이 떨어지고 있는지 소리가 나지 않는다. 신기하기도 하지만 이해를 못하는 것은 아주 큰 배가 가라앉지 않고 바다를 유유히 떠가는 것이다.

돌을 던지면 금방 아래로 가라앉는데 돌보다 더 무거운 쇳덩어리가 가라앉지 않고 목적지까지 무사히 가는 것이 신기하다. 사람을 싣고 다니며 세계 곳곳을 여행하는 배도 신기하다. 그 배에서 숙식을 하며 일상생활을 하지 않던가. 침몰하면 망망대해서 살아남는 사람이 극히 적은데, 사람들은 낭만과 추억을 남기려고 배로 여행을 다닌다.

바다에 크고 긴 다리가 놓인 것도 이해하기 힘들고 신기한 일이다. 짠 바닷속에 어떻게 다리를 세웠을까. 깊은 바닷속에 사람이 어떻게 들어가서 다리를 세웠을까. 몇 년 전 부부모임에서 남해 대교를 건너가는데 바다에 다리가 보이지 않도록 길게 놓여 있었다.

일행은 아름답다고 감상하며 잘도 간다. 이 다리가 갑자기 무너지면 어떻게 하나, 걱정이 되어 오금이 저렸다. 다 건너가서 바라보니 깊은 바다에 어떻게 다리를 놓았을까 신기하다. 바다가 짜서 시멘트와 철근이 부식될 텐데 언제까지 안전하게 차가 건너다닐 수 있을까 걱정이 되었다.

비행기와 배도 신기하고 바다에 놓인 다리도 신기하다. 더 신기한 것은 불가능한 것들을 인간이 편리하도록 만들어 세상을 이롭게 한 사람들의 머리도 이해하기 힘든 것이다. 며칠 전 아들이 텔레비전에서 방영하는 다큐멘터리를 보고 있었다. 자연과 과학의 힘을 다루고 있었다. 과학은 자연의 현상을 생각하다 발명한다는 내용이었다. 자연을 관찰하다 인간이 살 때 편리하도록 하기 위해서 만들어진다고 했다.

아들에게 엄마는 신기한 것이 세 가지 있는데 하늘에 무거운 쇳덩어리가 떠서 날아가는 비행기와 바다에 무거운 쇳덩어리가 가라앉지 않고 떠가는 것이다. 그리고 바다에 놓인 다리라고 했더니, 엄마 말을 듣고 보니 정말 신기하다고 했다.

아들은 그렇게 깊이 생각해 보지 않았는데 정말 신기한 것이라고 맞장구를 쳤다. 나는 여자라서 과학을 잘 이해하지 못한다. 그리고 기계치다. 기계를 잘 다루지 못해서 만질 때마다 쩔쩔맨다. 고장이 날까봐서다. 나만 그런 것은 아니다. 보통 여자들은 나와 같은 생각을 가지고 있다. 기계를 뜯기는 해도 잘 맞추지 못한다. 내가 이런 사람이니 비행기나 배, 바다에 놓인 다리가 신기하지 않을 수 있는가.

(2013. 1. 10.)

익은 벼가 고개를 숙인다

완숙 토마토를 사러 농장에 갔다. 비닐하우스마다 토마토 오이 각종 채소가 풍성해서 눈과 마음이 즐겁고 흐뭇하다. 내 것이 아니어도 농산물을 보면 마음이 넉넉해져 즐겁다. 농장주인 부부의 부지런함에 우리가 맛있는 농산물을 먹을 수 있어 고맙다는 생각을 한다.

토마토를 사고 있자니 말쑥하게 차려 입은 신사 두 분이 들어오더니 이것저것 물어 본다. 대뜸 비싸다고 하면서 자기는 ○○○지 점장이라고 소개를 한다.

농장에 와서 필요한 농산물만 구입하면 되지 무슨 직함을 파나 하는 생각이 들었다. 많이 사는 것도 아니면서 직위를 이용해 단가를 후려치기 하고 있다. 몰상식이 도를 넘는다.

순간 주인도 기분 나쁜 기색을 한다. 자기도 농협 ○○지점 막강한 직함을 가지고 있다고 한다. 비록 농사를 짓고 차림새가 남루하지만 그곳 직원들이 쩔쩔맨다고 받아친다. 한마디로 무시하지 말고 제값을 달라는 소리인데 ○○○지점장은 안하무인이다.

덤으로 더 달라고 하더니 자기 손으로 박스에 담는 것을 보니, 너무 많이 담아 절도 수준이다. 애지중지 키운 농산물을 주인의 허락도 없이 자기 손으로 담는 것을 보니 무례하기 짝이 없다. 너무 무례해서 부끄러운 수준이고 겸손하지 못해 직위가 아까웠다.

농업인은 제값을 받지 못하면서도 자식 키우듯이 농사를 짓는다. 그 정성이 하늘에 닿아 우리 소비자들이 먹고 사는데, 감사하고 고마운 마음이 부족하다는 것을 목격했다.

'지위가 사람을 만든다는 것은 옛말이구나.' 생각하며 어느 지인 부부의 겸손함이 생각난다. 이 사람들을 보니 지인의 겸손함이 보석처럼 빛나고 아름답다. 지인 남편은 공군 중령이고 부인은 교수인데 두 분을 겪어 볼수록 배울 점이 많다.

나에게 아이를 맡겼다 저녁에 데려가는데, 항상 차에서 내려 정중하게 고맙다고 하면서 데려간다. 다른 부모는 어떻게 하나 관찰해 보니 이분들처럼 하지는 않는다. 몇 달을 지켜보아도 한결같다. 다른 부분에서도 예의가 깍듯하다. 처음 이분들을 봤을 때 많이 배운 사람들의 선입견이 있었는데, 시간이 지날수록 나의 이런 생각이 부끄러웠다. 하나님은 사람을 외모로 판단하지 않고 중심을 보신다고 하셨는데 이분들을 두고 하는 말씀 같다.

혼자 감동을 하고 자식들에게 사회에 나가면, 예의범절을 지키라고 하면서 이분들의 이야기를 해 줬다. 상관이나 연세가 높으신 분들에게는 차에서 내려 인사를 하는 예의 바른 사람이 되라고 교육을 시켰다. 신호등에 걸려 차가 정지해 있는 경우만 빼고 반드시 그렇게 했으면 좋겠다고 일러 주었다.

나도 지인의 좋은 점과 겸손함을 배우며 익히려 노력하고 있다. 세상은 만나는 모든 사람이 스승이고, 학문의 연장선인 것을 깨닫는다.

이분들을 보며 우리나라 속담에 "보리가 뻣뻣하다." "익은 벼가 고개 숙인다."라는 말을 실감한다.

백합꽃의 향기가 짙고 오래가며 멀리 간다. 지인의 겸손함이 내 마음속에 진한 향기로 남는다. 두 분을 보며 나도 지인처럼 겸손하며 예의 있는 사람이 되고자 결심한다.

(2013. 6. 10.)

존경합니다, 선생님

"안녕하세요, ○○아."

"안녕하세요, 선생님."

아침 일찍 엄마 아빠의 손에서 영유아들을 받아 안으며, 현관에서 무릎을 굽히고 인사하는 지도 선생님의 인사법에 존경의 마음을 보낸다.

영유아들에게 얼굴 한 번 찡그리는 법 없이, 부드럽고 다정하며 친절하게 보육을 한다. 실습생으로 인해 힘들고 영유아들이 일탈된 행동을 해서 힘든데도 한결같은 모습이다. 고맙고 존경하는 마음이 가득하다.

싫은 내색 없이 원만하게 일처리하며 실습생에게 보육의 본을 보여 준다. 지도 선생님뿐만 아니라 옆 반 선생님들도 친절하게 대해 준다. 물어 보는 것에도 성심 성의껏 대답해 준다. 원장님의 인품이 좋아서 모든 선생님들이 불평불만하지 않고 열심히 일하고 최선을 다한다.

실습 이 주일이 지났는데 열과 성을 다하는 모습에서 감동을 받는다. 훌륭하신 분들 지도에 보육교사의 나아갈 길을 열심히 배우고 있는데 정신이 없다.

아이들 하나하나를 볼 때는 사랑스럽고 예쁘다. 대소 집단 활동에 들어가서 보육할 때는 어디서부터 어떻게 해야 되는지 정신이 없다. 빽 소리 지르고 싶은 마음이 불쑥불쑥 올라오는데 참느라 도道 닦고 있는 중이다.

지도 선생님의 얼굴과 눈빛, 억양에서 외유내강의 기술이 느껴진다. 흉내 내 보려고 시도해 보지만 영유아들에게 먹히질 않는다. 많은 세월이 흐르고 시간의 공든 탑에서 본인의 지혜와 성실과 인내가 있어야 되겠다. 내공의 집합체를 어찌 짧은 시간에 도둑질해 올 수 있겠는가.

영유아들이 노련한 선생님과 풋내기 선생님을 저울에 올려놓고, 저울질하고 있는 것 같은 기분이 든다. 5세의 영유아들이지만 눈치가 구단이다. 풋내기 선생님의 말을 존중해 주지 않는다.

실습이 2주 지났지만 보육교사의 길은 단순한 노동이 아니라는 것을 깨닫는다. 정신적인 것과 육체적인 것이 균형을 유지하지 않으면 할 수 없는 일이다.

보육은 사람을 살리고 세우는 엄숙하고 존엄한 일이다. 한 인간의 우주를 질서 정연하게 만들어 가는 중요한 업적이라 생각한다.

보육은 인간이 평생을 살아가야 할 기본과 질서와 사랑, 정서 문화 인격을 쌓아 올릴 수 있도록 가르치는 일이다.

보육교사의 노고와 희생에 견주어 보면 보수가 적다는 생각을 지울 수 없다. 우리 대한민국 정부가 영유아들을 보육하는 선생님들에게 보람과 긍지를 가질 수 있도록 해 주었으면 좋겠다. 처우개선을 해 주었으면 좋겠다는 생각을 한다. 국공립만 살펴 줄 것이 아니라 민간 보육시설까지 살펴 주었으면 좋겠다. 국공립의 보육교사들은 형편이 나은 편이다.

민간 보육시설이 양적으로 훨씬 더 많이 영유아들을 돌보고 있다. 부모들이 국공립을 선호한다. 민간 보육시설도 국가의 기틀이라고 생각한다면 답은 분명하게 떨어지는 것이라고 생각된다.

처우를 높아지도록 국가가 주도한다면 부강한 나라가 빨리 오리라 생각한다. 짧은 시간에 느끼고 본 것으로 다 알 수는 없다. 현장 실습이 끝나 어떤 결론에 도달하고, 어떤 각오를 할지 모른다. 다만 현장 실습을 하며 느낀 마음과 각오는 분명히 깨닫는다.

아이들이 국가의 미래다. 최선을 다하고 있는 민간 보육시설의 선생님들에게 보람을 느끼게 해 주었으면 좋겠다. 행복한 마음을 갖도록 배려해 주었으면 좋겠다. 우리가 가는 앞길에는 모두가 보람차고 행복한 마음을 느낄 수 있는 분명한 선택사항이 만들어지길 기원해 본다.

(2012. 9.)

종묘

엄숙하고 경건한 종묘에 앉아 종묘 제례를 보고 종묘제례악을 듣고 있다는 것이 신기하고 꿈만 같다. 얼마나 보고 듣고 느껴 보고 싶었던 일이었던가.

여자라는 이유 하나로 600년 전에는 상상도 할 수 없었던 일이, 유네스코 세계 문화유산이라는 이름으로 일반에게 공개되고 있다. 세월이라는 시간이 불가능을 가능이라는 언어로 바꾸어 놓았다.

종묘는 조선 왕조의 역대 왕과 왕비의 신주를 봉안하고 제사를 받드는 사당이다. 조선 왕조를 건국한 태조(이성계)는 수도를 개성에서 한양으로 옮겼다.

경복궁을 중심으로 왼쪽에는 종묘를 건립하고 오른쪽에는 사직단을 세웠다. 현재 종묘라고 하면 정전과 함께 영녕전을 포함해서 통칭하지만 조선시대에는 종묘란 원래 정전만을 지칭해 영녕전과는 구별했다.

종묘는 태조 3년(1394)에 짓기 시작하여 이듬해 9월에 완공되었고, 별묘인 영녕전은 세종3년(1421)에 창건되었다. 종묘와 영녕전은 선조25년(1592) 임진왜란으로 소실되어 광해군 즉위년(1608)에 재건되었다. 그 후 몇 차례의 증축을 거쳐 지금의 모습으로 남아있다. 사적 제125호인 종묘는 뛰어난 건축적 가치와 600년이 넘도록 이어져 온 제례 행사 등의 문화적 가치가 인정되어, 1995년에 유네스코 세계문화유산으로 등재되었다.

정전의 길이는 100m이고 제1실에서 제19실까지 있다. 제1실은 태조의 위패가 모셔져 있고 제2실은 태종, 제3실은 세종대왕의 위패가 모셔져 있다. 정전은 불천위의 위패가 있고 영녕전은 불천위가 아닌 분들의 위패가 모셔져 있다.

종묘제례는 조선의 국가 사당이며 유네스코 세계문화유산인 종묘에서 조선 왕조 역대 왕과 왕비의 신위를 모시고 있다. 제사를 지내는 의식으로 제사 가운데 가장 규모가 크고, 중요하기 때문에 종묘대제라고도 한다. 종묘대제는 봄, 여름, 가을, 겨울, 납일 등 1년에 5번 지냈으나 현재는 매년 양력 5월 첫 번째 일요일에 봉행되고 있다.

제향 의식뿐 아니라 제례악과 일무 등 유형과 무형의 세계문화유산을 함께 감상할 수 있는 종묘제례는 세계적으로 유례가 드문 종합적인 의례이다.

종묘제례는 1969년부터 종묘 제례 보존회(전주 이씨 대동 종약

원)에 의해 복원되었으며, 제향 행사는 제사 전의 준비과정과, 임금이 출궁하여 종묘에 이르는 어가행렬, 제례봉행(제례악 및 일무 포함)으로 나누어져 있다.

1975년 중요무형문화재 제56호로 지정되었고, 2001년에는 유네스코 세계인류무형유산으로 등재되었다. 2006년부터 국제문화행사로 격상되어 거행되고 있다.

종묘제례악은 종묘제례 의식에 맞추어 기악, 노래, 춤을 갖추어 연행하는 종합예술이다. 악기연주에 맞추어 선왕의 공덕을 기리는 노래를 부르며 열과 항을 벌려 서서 추는 춤인 일무를 춘다. 그 연원은 조선 세종 대에 신악으로 제정된 보태평과 정대업이 있는데, 세조 10년(1464)에 이르러 보태평 11곡과 정대업 11곡으로 개정되어 처음으로 종묘제례에 연주하면서 종묘제례악으로 채택되었다.

보태평은 조선의 역대 선왕들의 학문과 덕망을 기리는 내용이고, 정대업은 외적에 맞서서 군사상의 공적을 세운 선왕들을 기리는 내용이다. 이 곡들을 연주하는 위치와 악기 편성에 따라 악대는 등가와 헌가로 나뉜다.

상월 대에 배치되어 하늘[天]과 양陽을 상징하는 악대를 등가라 한다. 하월 대에 배치되어 땅[地]과 음陰을 상징하는 악대를 헌가라 한다.

하늘과 땅 사이에 인사人事를 상징하는 일무 무인舞人이 자리하여, 문덕과 무공을 내용으로 한 문무文舞와 무무武舞가 황제皇帝의 격을 갖춘 팔일무의 형태로 연행된다.

종묘제례악은 1964년 중요무형문화재 제1호로 지정되었고, 2001

년 종묘제례와 더불어 유네스코 세계인류무형유산으로 등재되었다.

제례에 쓰는 음식물에 특이한 것이 있는데 곡식이나 고기 등은, 익히지 않은 날것으로 그대로 올리고 있었다. 이것은 선사시대 이래의 오랜 전통을 그대로 계승한 것이라고 한다.

제례를 받드는 제관들이 80명이 넘었고 경건하고 엄숙하게 하는 모습이 경이롭기까지 했다. 일무를 추는 제관과 종묘제례악을 연주하는 악공들도 200명이 넘는다고 한다.

종묘제례에 걸리는 시간이 2시간 30분이 넘었다. 제물을 준비하는 금액이 수천만 원이고, 행사에 동원되는 관리인도 100명 가까이 되는 듯했다.

이 행사를 보기 위해 국내외에서 수많은 사람들이 모였다. 국제 행사이다 보니 외국인이 절반 가까이 온 것 같았다. 주변에 경관은 엄숙하다. 종묘가 숲 속에 들어앉은 형국이었다.

사람이 오고가는 인생에서 모든 것이 허무하고 헛되다고 한다. 그러나 죽어서 후대에까지 사랑과 존경을 받는 사람은 종묘에 신위로 모셔져 있는 분들이 아닌가 생각한다.

(2013. 5. 5.)

창덕궁 후원

창덕궁 후원 숲길을 걸으며 숲의 아름다움에 감동한다. 이 길을 걸었던 임금님과 왕비님, 궁궐의 많은 사람도 나와 같은 느낌으로 후원을 사랑하고 아꼈으리라. 많은 전각과 비각, 정자의 다양한 사연에도 감동을 받는다. 숲길을 걸으며 나무의 울창함도 반갑다. 능선과 능선이 만나고 골짜기와 골짜기가 만나는 곳마다 소박하게 연못이 있어 경치가 더욱 아름답다.

창덕궁 후원은 태종(이방원) 임금이 창덕궁을 창건할 당시 조성하고, 성종 대에 건립한 창경궁까지 영역이 확장되었다.

후원의 넓이가 145,000평이며 1997년 유네스코 세계 문화유산으로 등재된 곳이다. 숲길을 걸어 첫 번째 언덕을 넘으니 부용지와 주합루가 나온다. 부용지의 아름다움이 그림 같다. 작은 부용지의 경치가 여러 건축물과 어우러져 아름답다.

부용정에서 정조 임금이 신하들과 시를 지으시고, 시간 내에 못 지은 신하는 부용지 가운데 있는 작은 섬으로 배를 태워 귀양을 보내신다. 시를 다 지으면 귀양에서 풀어 주었다고 한다. 해설사의 말을 들은 우리는 박장대소하며 통쾌함을 느끼기도 했다.

부용지 옆에 있는 규장각과 서향각의 설명을 들으며 정조 임금의 개혁 사상에 고개가 숙여진다. 당쟁을 없애려고 정조 임금은 얼마나 많은 고뇌와 갈등을 했을까 하는 안쓰러운 마음과 가여운 마음이 느껴진다.

불로문은 커다란 통돌을 'ㄷ'자 모양으로 다듬어 세웠다. 불로문으로 들어가면 죽지 않고 영원히 산다고 한다. 불로문 안으로 들어가니 정조임금의 준엄함이 느껴지는 존덕정이 나온다. 존덕정에는 정조임금이 신하들에게 일갈하셨던 "만천명월주인옹"이라는 편액이 걸려 있다.

이 말은 "세상의 모든 시냇물이 품고 있는 밝은 달의 주인공"이라는데 밝은 달이 정조 임금 자신이라고 한다. 그 말은 "뭇 개울들이 달을 받아 빛나지만 달은 오직 하나이다. 내가 바로 그 달이요, 너희들은 개울이니 내 뜻대로 움직이는 것이 태극, 음양, 오행의 이치에 합당하다."라는 뜻으로, 신하들에게 강력하게 충성을 요구하는 내용이란다. 평생 왕권강화와 개혁정치를 위해 노력했던 정조 임금의 준엄한 음성이 들리는 듯하다.

일명 깔딱고개를 숨을 헐떡이며 올랐다. 고개를 오르니 취규정이 우리를 맞이한다. 마루에 앉아 잠시 숨을 고르고 산들바람으로 땀을 식혔다. 골짜기 아래로 내려가니 옥류천이 나온다. 후원에서 가장 멋있는 곳이다. 옥류천은 후원 북쪽 가장 깊은 골짜기에서 흐른다. 거대한 바위인 소요암을 깎아 내고, 그 위에 홈을 파서 휘도는 물길을 끌어들여 작은 폭포를 만들었다. 자연에 인공적인 아름다움을 조금 보태서 만들었다.

신라 포석정처럼 곡선형의 수로를 따라서 흐르는 물 위에 술잔을 띄우고, 시를 짓는 유상곡수연을 벌이기도 했단다. 유네스코 세계 문화재 심사 위원들이 창덕궁을 심사하면서 감동하지 못하다 옥류천의 소박한 아름다움을 보고 결정했다고 한다.

세계 어느 곳을 가든지 다 비슷하거나 뛰어난 곳이 많다고 한다. 창덕궁 후원은 인위적인 곳이 적고 자연 친화적이고, 자연을 훼손하지 않으면서 자연을 최대한 살렸다는 평가를 받았다고 한다.

바위에 새겨진 옥류천 세 글자는 인조 임금의 친필이고, 오언절구 시는 이 일대의 경치를 읊은 숙종의 작품이다. 소요정, 태극정, 농산정, 취한정, 청의정 등 작은 규모의 정자를 곳곳에 세웠는데 소박하다. 정자를 중심으로 작은 정원들이 있다. 농산정은 효심 깊은 정조 임금이 어머니 혜경궁 홍씨를 위해서 지은 정자라고 한다.

깊은 숲 속에 앉아 책을 읽고 활을 쏘고 말 타기를 한 임금님이나 세자들의 일상을 더듬어 보니 부럽기도 하고 한편으로 가엾다는 생각이 들었다. 궁궐이라는 담장을 뛰어넘지 못하고 갇혀 지내니 자유와 자연이 얼마나 그리웠을까 생각해 본다.

후원 곳곳에 임금님의 사랑과 고뇌 갈등이 묻어 있고 숨결이 느껴졌다. 특히 정조 임금은 왕권의 권위를 세우기 위해, 60년 세도정치를 한 안동 김씨 세력을 장악하기 위해, 개혁 정치를 하느라 힘들었을 과정들이 곳곳에 남아 있었다.

왕비와 후궁들의 답답함도 후원이 풀어 주었으리라 짐작한다. 궁궐을 들어오면 죽어서나 나갈 수 있다는 곳이니 자유스러운 친정집이 얼마나 그리웠을까. 사극을 보면서 부러워했던 마음이 후원을 거닐어 보니 이해가 되었다.

창덕궁이 특히 왕실의 사랑을 많이 받은 것은 넓고 아름다운 후원이 있었기 때문일 것이다. 후원을 걸으며 600년 전에 이 길을 걸었던 임금님의 고뇌와 사랑, 갈등을 이해하게 되었다. 또한 구중궁궐 여인들의 인생이 가여워지고 답답했으리라 여겨졌다. 부귀영화가 길면 얼마나 길 것이며 꽃이 아름다워도 열흘이라 하지 않던가. 후원이 넓다 해도 삼천리 방방곡곡같이 넓지는 않았으리라.

길이 있다 해도 끝없이 걸어가야 하는 길이 있고, 정해진 길을 다람쥐 쳇바퀴 돌 듯 뱅뱅 돌아야 하는 길이 있다. 후원이 후자의 길이지 싶다.

창덕궁 후원을 보고 나니 지금 이 순간 내가 더 행복하다는 마음이 들었다. 자유와 자연을 마음껏 누리며 살고 있으니. 끝없이 가야 하는 길도 가 보고, 도전하고 싶은 길이 있으면 도전할 수 있으니까. 세상은 나에게 어느 길을 가든지 선택할 수 있도록 두 팔 벌려 맞아 주고 응원해 준다.

임금이 가야 하는 길이 있고 백성이 가야 하는 길이 있다. 남자가 가는 길이 있고 여자가 가는 길이 있다. 사람이 가야 하는 길과 몫은 각각 다르지만, 인생의 처음과 끝은 같지 않을까?

(2013. 5. 5.)

책임과 의무를 다하며(양성평등)

　전 세계적으로 IMF 경제위기를 겪는 나라마다 가정이 붕괴되거
나 최저 생활을 하기조차 힘든 상황을 TV를 통해 볼 때마다 가슴이
아팠다. 남자, 여자를 따로 구분할 수 없는 시대를 살아가고 있다.
굳이 남자의 일 여자의 일도 구분이 없고, 성역이 따로 없는 시대를
살아가고 있다. 여자라고 위축되지도 않고 씩씩하게 미래를 위해,
자신의 재능이나 능력으로 앞날을 개척하는 시대이다. 언론매체나
주위를 통해 보더라도 장인정신으로 똘똘 뭉쳐 남자의 능력을 뛰어
넘는 여성들이 많다. 가정을 위기로부터 구하고 자녀들을 훌륭하게
키우며 교육 시키는 예가 많다.

　우리나라도 IMF 경제위기 때 많은 가정, 회사들이 어려움을 겪
었다. 국민 한 사람 한 사람 모두 힘든 고비를 겪으며 허리띠를

졸라매고 경제위기를 슬기롭게 넘겼다.

전 국민이 금 모으기 등을 통해 애국심을 발휘하고 어느 정도 안정된 나라로 만들었다. 그런 밑바탕에도 여성들의 지혜와 힘의 결집력이 있었다. 전쟁에 나가 싸우는 것은 남성이지만 위기 때마다 여성들의 힘도 국가를 구하는 원동력이 될 때도 있었다. 여성은 약하지만 모성애는 강하며, 나라가 위기에 처할 때는 나라를 구하기도 했다.

우리 집도 IMF 경제위기 여파로 남편의 사업이 고전을 했다. 가정도 나날이 힘겨워졌다. 지금도 안정 수준이 아니지만 그때를 뒤돌아보면 내 몸이 부서지는 아픔이었다. 나도 이렇게 힘이 드는데 남편도 가장의 의무와 책임에 얼마나 힘이 들었을까 싶다. 세상의 모든 가장들이 얼마나 어깨가 무겁고 힘이 들까 생각을 다시 하게 되었다.

무거운 짐을 지고 내려놓을 수도 없고, 벗어 버릴 수도 없는 상황이 가엾기도 하고 불쌍하기도 하다. 남자라는 이유로, 가장이라는 이유로 그 무거운 멍에를 죽을 때까지 지고 가는 운명이 참으로 안타깝기도 하다.

굳이 남편의 벌이가 좋지 않다면 아내도 함께 일해서 가정경제에 보탬이 되어야 한다는 생각을 한다. 남편이 벌어다 주는 돈으로 살 수 없는 상황이라면 여자도 남자처럼 직업을 구하고 가정의 경제 회복에 최선을 다해야 한다는 믿음을 가지고 있었다.

내 가정의 가장 시급한 문제는 내 대학 등록금과 딸과 아들의 대학 등록금이었다. 줄줄이 세 명 모두 청주 대학교를 다니니, 등록금 걱정이 이만저만이 아니었다.

돈도 벌고 하고 싶은 공부도 함께 마칠 수 있는 곳으로 직장을 예비해 달라고 하나님께 간절한 마음으로 기도했다. 기도 덕분인지 LG전자에서 청소부를 모집한다는 광고를 보게 되었다. 낮에는 청소부 일을 하고, 밤에는 대학 공부를 하기로 마음먹었다.

직업에는 귀천이 없다는 명언을 가슴에 새기고 청소부 일을 하기 시작했다. 새벽부터 밤중까지 힘이 들고 피곤했지만, 공부를 마쳐야겠다는 일념과 딸 아들의 등록금까지 벌어야겠다는 각오로 희망을 가지고 열심히 일하고 열심히 공부했다.

주경야독이라는 말은 쉬운데 너무나 힘이 들었다. 그렇지만 꿈이 있고 목표가 있으니 신나고 재미있고 행복했었다. 미래의 희망은 사람으로 하여금 용기를 가지게도 하지만 도전의식도 가지게 한다. 만족감과 성취감을 가지기 위해 최선을 다하며 살았다.

남편만 바라보는 시각에서 벗어나 나도 할 수 있다는 자신감과 책임의식을 느끼며, 당당하고 떳떳한 여성의 힘을 발휘하게 되었다.

청소부일이 남들에게는 하찮게 보일지 몰라도 그 당시 나에게는 힘의 원천이었고 미래의 버팀목이었다. 나에게 가장 소중한 경제력인 동시에 희망이었고, 자식들에게는 미래를 열어 주는 옹달샘의 역할을 해 주었다.

그 일을 하는 언니들도 부모와 가정과 남편을 위하고, 자식들의 공부와 자신들의 미래를 위해, 최선을 다하며 일하고 아름다운 삶을 살고 있었다. 내 공부와 자식들의 공부를 할 수 있도록 앞길을 열어 주니 고맙고 감사했다. 청소부 일은 나에게 최선의 선택이었다. 그리고 소중하고 귀한 경험이었다. 나의 앞날이 어떻게 될까 궁금하기보다는 당시의 상황에서 최선을 다해 열심히 살았으며, 자식들에게도 당당하고 떳떳한 부모의 모습을 보여 준 것이 더 자랑스러웠다.

열심히 사는 엄마의 모습을 보고 자식들도 최선을 다하는 삶과 올바른 인생을 살아가기를 소망한다. 귀한 직업인 청소부일로 대학교를 마치고, 교직이수를 한 덕분에 지금은 초등학교에서 보육교사로 근무하고 있다. 바르게 잘 자라준 딸도 중학교 국어 교사로 근무하고, 아들은 군 복무를 마치고 대학교 졸업반이다.

가정경제가 위기에 처했을 때 남편만 바라보고 남편에게 불평불만만 했더라면 지금의 나는 어떻게 되었을까, 생각해 보면 등골이 서늘해진다.

자식들은 대학공부를 다 마치지 못했을 것이며 후일 자식들에게 당당하고 떳떳한 부모의 노릇을 못 했다고 원망을 들었을지도 모른다. 자식들이 바르게 살고 세상에 나가서 옳은 일에 최선을 다하고 산다면, 그보다 더 좋은 일은 없을 것이다.

책임과 의무를 다하지 못하는 양성평등은 이율배반적인 처사라고 생각한다. 책임과 의무를 다해야만 자유를 누리듯이 양성평등은 말로만 하는 것이 아니라는 생각이 든다. 반드시 원인과 과정과 결과가 나란히 함께 가는, 철도 레일 같은 것이 아닐까 생각한다.

양성평등은 남자의 일 여자의 일을 구분하는 것이라고 하기보다는, 자기가 무슨 일을 하든지 책임과 의무를 다하고, 맡은 바 자기의 소임을 다하는 것이라고 생각한다.

예전 우리들의 부모님께서 어려웠지만 우리들에게 최선을 다하고, 맡은바 책임과 의무를 다하고 이렇게 우리나라를 눈부신 나라로 만드시고, 훨훨 자유스럽게 천국으로 떠나신 것처럼 우리도 조상들처럼 열심히 살고 바르게 살아가는 삶이 양성평등이 아닐까?

(2012. 6. 충북 여성문인협회 양성 평등 백일장 수상작)

운전 연수

　앞으로 살아가면서 자동차 운전은 필수일 것 같았다. 대학교 졸업 전 학생증이 있을 때 운전을 배우면, 반값으로 운전을 배울 수 있다기에 운전 학원에 등록을 했다. 집에서 가까운 학원에 새벽으로 열심히 다녔다. 두 번의 이론 시험과 두 번의 실기 시험으로 운전 면허증을 따게 되었다. 겁이 많은 내가 운전 면허증을 따니 대견하고 자랑스러웠다.

　운전 면허증을 따면 도로 연수를 해야 된다고 한다. 남편은 시간 날 때마다 전화를 걸어 도로 연습을 시켜 준다고 불러냈다. 점심을 먹고 곤하게 낮잠을 자는 중에, 오전에 아침마당 텔레비전을 재미있게 보고 있을 때 불러낸다. 책을 재미있게 읽고 있을 때 전화를 한다. 싫다고 하거나 다음에 한다고 하면, 성질을 부려서 안 나갈 수도 없었다. 싫다는 운전 연습을 시키면서 소리를 지르고 성질을 부린다.

첩첩산중처럼 갈수록 운전도 무섭고 도로의 차들도 무서웠다. 운전은 늘지도 않고 도로 사정은 전쟁터처럼 무섭기 짝이 없다. "이 도로는 왜 이렇게 꾸불꾸불하게 만들어 놨어?" 하면, 옆에 앉은 남편이 "이 사람아, 당신 좋으라고 누가 곱게 반듯하게 닦아 놓는대?" 한다.

편도 일차선에 들어가서 운전하다 보면, 옆 차선에서 달려오는 차가 나한테 달려드는 것 같다. "저 차가 나한테 달려드는 것만 같아." 중얼거리면, "중앙선만 안 넘어 가면 괜찮아." 한다. 연습하면서 속으로 '공연히 운전은 배워 가지고, 남편에게 지청구를 바가지로 듣는다.'는 생각을 한다.

딸은 아버지가 엄마에게 무엇이든지 지극정성이라고 말하는데, 가만히 생각해 보니 그런 것 같기도 하다. 내가 하고 싶다는 것 해 보고 싶다는 것은, 그런대로 다 해 보도록 응원을 해 주는 편이다.

부부끼리 운전 가르쳐 주면서 싸우기도 하지만 성격이나 본성이 나타나 무시를 당하다 보면 극단적으로 이혼까지 한다고 한다. 나는 이혼까지 가지 않았지만 마음이 상하기도 했다. 남편은 자상하게, 친절하게 잘 가르쳐 준다고 생각했겠지만 나는 서운하게 들은 말도 있다.

젊었을 때 운전 배우라고 잔소리를 해서, 나는 죽으면 죽었지 운전은 안 한다고 큰소리를 빵빵 쳤다. 평생 택시나 시내버스만 타고 다닌다고 했는데, 한 입으로 두말 한 꼴이 되고 말았다. 아직

왕초보인데 내가 나를 생각해 봐도, 운전이 왜 안 느는지 모르겠다. 아마도 겁이 많아서 그렇지 생각한다.

유턴할 때 좌회전할 때 우회전할 때, 후진할 때는 아직도 벌벌 떤다. 신호 대기 중에 시동을 꺼 먹고 당황하니, 배운 것은 하나도 생각이 안 난다. 이 년은 차를 끌고 다녀야 숙달이 된다고 한다. 접촉사고도 몇 번은 나야 무섬증도 사라진다고 한다. 그 말을 들으니 까마득한 미래의 일이다. 핸들 조작을 하면 발도 신경 써야 하고 양옆 앞뒤도 신경 써서 봐야 하고, 아무튼 자전거 원동기보다 더 무섭다.

운전이 무서워서 하기 싫은데 운전 면허증을 따 놓았으니, 운전대를 안 잡을 수가 없게 되었다. '으이그, 안 해도 되는 것을 해 놓고 걱정도 팔자다.' 하면서 혼자 속을 바글바글 끓이고 다니면서 운전 연수를 남편에게 받았다. 남편에게 도로 연수를 받고 오는 날이면 피곤하고 힘이 들어서 서너 시간은 잠을 자야 한다.

운전 배우기 전 생각은 문화재 답사를 다니고 멋진 여행도 다니려고 마음먹었다. 우리 것을 배워서 내 자식이나 남의 아이들에게 가르쳐 주고 싶었다. 운전이 무서워서 이 꿈은 일찌감치 포기했다.

또한 운전을 배워서 시어머님과 구경도 다니고, 친정엄마와 맛있는 것도 사 먹으러 다니려고 마음먹었다. 팔도 유람도 하고 남은 인생 아름답게 꾸미고, 의미 있게 살고 싶었는데 사정이 여의치 않다.

여자들이 색안경 쓰고 멋있게 운전하고 다니는 것이 부럽기도 했다. 더 부러운 것은 그 여자들이 운전해서 가고 싶은 데 마음대로 자유롭게 다니는 것이 부럽고 재미있어 보였다.

그럴 정도가 되려면 돈도 있어야 되는 것을 이제야 절실하게 느꼈다. 아무튼 운전은 피곤하고 무섭고 늘 조심해야 된다. 큰 위험을 늘 안고 사는 것임을 예전에는 미처 몰랐다.

그래도 운전 면허증을 딴 것이 자랑스럽다. 나중에 하려고 했다면 운전 면허증은 못 땄을 것이다. 한 살이라도 젊었을 때 땄으니 천만다행이다.

장롱 면허가 되지 않도록 부지런히 연습해야 되는데……. 마음은 벌써 고속도로를 씽씽 달리고 있다.

(2006. 5. 16.)

5부
다섯 장의 행복 벽돌을 쌓으며

　햇살 좋은 날 어린이집을 향하는 발걸음이 가볍다. 재잘재잘 종알종알 깔깔깔깔 아이들의 간지러운 웃음소리가 마냥 기분이 좋다.
　여건이 된다면 아이들의 맑은 눈망울을 보며, 웃음소리를 들으며 살고 싶은 마음이다. 이 길이 행복의 징검다리가 되길 소망해 본다.

장기 기증

지인의 차를 얻어 타고 집에 오며 이야기를 나누던 중, 자신은 사후에 장기 기증하는 증서를 남겼다고 한다. 그러면서 나에게도 장기 기증 의사가 있는가를 물어 본다.

선뜻 대답은 못하고 생각은 많이 하고 있다는 말만 얼버무리고 차에서 내렸다. 지인의 외모와 인품을 생각하며 겪어 볼수록 된사람이라는 생각을 한다. 나도 노력하는 사람이라는 자부심이 많은데, 이분 앞에만 서면 작아지는 느낌과 부끄러움을 느낀다. 늘 앞서가는 생각과 열심히 노력하며, 성실하게 사는 모습에서 많은 것을 배운다.

지난봄 시어머님을 화장해 수목장으로 장례를 모신 후, 집으로 오면서 아이들에게 유언을 했다. 엄마도 죽으면 할머니처럼 깨끗이 화장해서 양지쪽 소나무 아래에 묻어 달라고 했다. 도자기에 넣지 말고 자연으로 돌아가도록 흙에 묻어 달라고 했다. 한 줌 재로 변할 것인데 장기 기증은 생각도 못했다.

영혼이 빠져 나가면 나무토막 같은 몸이 한 줌 재로 변할 것이다. 질병으로 고통받는 사람들에게 희망을 주는 것도 좋은 일이다. 내 자신이 장기 기증을 해야겠다는 생각은 아직 실행에 옮기지 못하고 있다. 죽음이 아직 코앞이 아니라고, 멀리 있다고 생각하고 있기 때문이다. 지인의 장기 기증 이야기를 듣고 그 생각이 머리를 맴돌고 있다. 생각을 했으면 실행을 해야 되는데, 선뜻 기증의사 표시를 못하고 있다.

삼복더위에 개도 안 걸린다는 감기 몸살로 3주째 고생을 하고 있다. 한의원과 내과, 이비인후과를 번갈아 다닌다. 한 줌 재로 변할 몸을 애지중지 아끼며 기능이 떨어질까 노심초사하고 있다. 아직 세상사에 초연하지 못하고 소인의 모습으로 살고 있다.

남편 친구가 교통사고 난 적이 있다. 눈이 너무 나빠 앞에 있는 차가 잘 안 보여 일어난 일이라고 했다. 그때 만일 내가 불의의 사고로 죽게 된다면, 각막 하나를 그분에게 주라는 유언을 하고 싶었다. 다른 하나는 ㅇ교회 ㄱ부목사님께 주어야겠다는 생각은 한 적이 있다.

지인의 장기 기증 사실을 알고 장기 기증과 시신 기증을 생각하고 있다. 재로 변할 주검은 쓸모없게 된다. 한세상 즐겁고 행복하게 살다 가면서 쓸모 있게 만드는 것도 좋은 일이다. 육신의 고통으로 하루하루를 보내는 사람들에게 소망을 주고 떠나는 것도 의미 있는 인생을 살다 가는 것이다.

복중에 걸린 감기몸살이 비염과 중이염으로 발전했다. 고통이 심하고 소리 없는 세상을 일주일가량 살아 보니, 하나하나의 장기가 모여 몸을 이룬 기적이 신기하다.

장기의 어느 한 부분이 고장나 생명이 위독한 상태라면, 하나로 인해 전체가 소멸되는 불상사는 막아야 되지 않겠는가. 생명이 소멸되는 상태라면 많은 사람을 살리는 선행을 이루고 가는 것이 좋겠다고 생각한다.

장기 기증, 시신기증의 결정이 내 앞에 놓였다. 마지막 숙제를 놓고 갈등한다.

(2013. 7. 21.)

태국 푸켓 여행

　태국의 푸켓 휴양지로 비행기를 타고 날아가며 구름 위가 참 아름답다고 느꼈다. 땅 위에서 보는 파란 하늘의 뭉게구름이 아름답다고 느꼈는데, 구름 위에서 보는 구름도 깨끗하고 하얀 눈이 수북이 쌓인 것처럼 아름다웠다.

　태국 푸켓 비행장에 내리자 뜨거운 열기가 고단한 여행에 짜증으로 다가왔다. 호텔에 도착하니 여행사 대표가 열대 과일을 펼쳐 놓고 맛보라고 대접을 한다. 맛있게 먹다보니 짜증이 없어졌다. 남편이 해외여행 갔다 오며 망고 말린 것을 사 오면 맛있게 먹었었다. 현지에서 잘 익은 것을 생으로 먹으니 마음이 행복하다.

　다음 날 롱테일 보트를 타고 팡아만으로 관광을 떠났다. 보트를 타고 가면서 시원하기도 하고 바다에 솟아오른 뾰족뾰족한 산들이 아름답고 신기했다. 이슬람 수상 마을에서 해선 요리로 점심을 먹는데 나는 물을 갈아 먹어서 그런지 배탈이 나고, 향신료가 입에 맞지 않아서 허기만 면하느라 간단하게 먹었다.

해외여행을 다녀오는 사람들이 배탈이 나서 음식을 못 먹었다고 하면 허풍인 줄 알았다. 맛있다는 태국 음식은 먹어 보지도 못했다. 배탈이 심하면 동행들에게 폐 끼칠까봐 조심했다. 보트로 맹글로브 정글 수로를 막힘없이 달리니 가슴이 뻥 뚫리는 것처럼 좋다. 바닷물도 깨끗하고 바다 주변이 온통 푸른 나무들로 가득해서 태국의 풍요로움이 부러웠다.

영화 촬영지로 유명한 제임스 본드 섬도 아름답다. 바다 가운데로 가느다랗게 우뚝 솟아 오른 바위산이 아름답다. 언젠가는 아랫부분이 바다의 침식 작용에 의해 무너질 것이라는 현지 안내인의 설명이 안타까웠다. 세상에 유한한 것이 어디 있겠는가 생각하게 한다. 자연은 우리에게 영원한 것은 없다는 진리를 가르쳐 준다.

제임스 본드 섬에서 현지인들이 파는 액세서리에 눈이 휘둥그레진다. 현지인들이 우리나라 말로 "만 원, 만 원." 하면서 서비스로 귀고리도 준다고 너스레를 떤다. 우리나라는 가격표가 있어 편리한데 이곳은 부르는 것이 값이라 어떻게 해야 하나 난감했다. 부르는 대로 주어야 되는가 보다. 슬그머니 절반값을 부르니 안 된다고 손사래를 친다. 남편과 함께 자리를 뜨니 내 팔을 잡고 조금 더 깎아 준다고 한다. 절반값이 아니면 안 산다고 하니 진짜 진주라고 하며 라이터 불로 진주를 지지며 "진짜, 진짜."라며 사라고 간청을 한다. 불에도 변하지 않아 진짜구나 머뭇거리니, 내 팔목에다 진주 팔찌를 척척 걸쳐 놓는데 마음이 홀라당 넘어간다. 팔찌와 서비스로 준 귀고리를 사 다른 곳으로 가니, 그곳은 세트로 내가 산 팔찌보다 더 싸다. 몇 초 사이에 사기당한 기분이 들어 마음이 씁쓸하다. 남편이 사 준 것이니 고맙다 생각하며 애써 마음의 위안을 삼았다. 배에 올라 같은 모임 남편들에게 "아이고, 머리 아프다." 하며 자랑을 해도 눈치를 못 챈다. 여자들은 눈치를 채고 깔깔거린다.

제임스 본드 섬을 구경하고 종유석 동굴을 보트로 구경했다. 현지인이 보트를 저어 주어서 아름다운 동굴을 신기한 눈으로 감상한다.

바다의 영향으로 바위산에 종유석이 여러 가지 모양으로 생겼다. 신기하게도 종유석에 영양분이 있는지 선인장이 커다랗게 자라고 있다. 현지인이 "엎드려, 엎드려." 소리친다. 발음이 우리와 달라 얼른 알아듣기가 어렵다. 종유석이 자라서 떨어진 것인지 침식 작용인지 동굴이 자연적으로 생겨 그곳을 보트가 통과할 때 머리에 닿아 다칠 수 있으니 엎드려야 한다고 한다.

나이 먹었거나 오래된 현지인들은 한국어로 웃기기도 하고 농담도 하는데, 우리 보트의 현지인은 나이가 스물한 살이며 일한 지 사 년 되었다고 한다. 아직 어려서 농담을 할 줄도 모르고 노련하지도 않다. 자식 같은 생각에 저 나이면 공부할 나이인데 돈 버느라 고생한다 생각하니 안쓰럽다. 그래도 얼굴은 행복한 표정이라 다행이다. 그리고 보니 태국 사람들은 모두 다 편안하고 행복한 표정이다. 우리나라 사람들처럼 얼굴이 굳은 사람들이 없다.

현지에서 일하는 우리나라 안내원이 하던 말이 생각난다. 태국에는 거지가 없단다. 국민들의 행복 지수가 높기도 하고 나름대로 열심히 산단다.

또 이 나라에 살고 있는 개들은 상팔자라고 한다. 윤회사상이 마음에 박혀 있어서 사람이 죽으면 개로 태어난다고 믿기 때문에 개들을 못살게 굴지 않는단다. 팔자 좋은 개들이 거리마다 많다고 한다. 개들을 핍박하지도 않는다고 한다.

저녁에는 싸이몬 쇼를 구경했다. 성 전환한 사람들이 출연한다고 한다. 예쁘기도 하다. 우리나라 사람들이 관광을 많이 와서 그런지 싸이의 〈강남 스타일〉과 〈아리랑〉을 공연했다. 가수 싸이가 우리나라를 세계에 많이 알린 고마운 사람이라는 생각이 든다. 공연 후 사진을 찍는 시간이 있는데 밖에서 보니 출연자들이 더 예뻐 보였다. 쭉쭉빵빵 아름답기도 하다.

다음 날 피피 섬으로 여행을 갔다. 몇 년 전 쓰나미로 많은 사람들이 불행을 겪은 곳이었다. 해변의 모래가 산호 가루라고 하는데 곱기도 하다. 바닷물이 에메랄드 빛으로 아름다운 곳이다.

햇볕은 어찌나 따가운지 가릴 곳은 다 가려야 할 지경인데, 외국인들은 옷을 훌렁훌렁 벗고 일광욕을 즐긴다. 여자들은 둥실둥실 살찐 몸으로 비키니를 입고, 남자들은 손바닥만 한 수영복을 입고 다닌다. 외국인들에 비하면 나는 날씬한 축에 들었다. 그래서 용기를 내어 생전 처음으로 딸한테 빌려온 비키니 수영복을 입었다. 작품 사진을 찍는다고 이리저리 울록불록한 몸매를 움직이며 남편에게 사진 찍어 달라고 했다. 집에 와서 컴퓨터로 보니 가관이다. 그래도 외국 여자들보다는 날씬하다고 말하며 딸하고 낄낄거리며 웃고 좋아했다.

생전 비키니도 못 입어보고 죽을 줄 알았는데 남편 덕분에 해외 여행도 가고 소원 풀었다고 좋아했다. 사람은 다 자기 잘난 맛에 사는 것이라고 딸하고 이야기하며 웃었다.

피피 섬에서의 스노클링은 내 평생 잊을 수 없는 체험이다. 십 미터가량 되는 바닷속을 물안경을 쓰고 들여다보니, 예쁘고 아름다운 물고기들이 헤엄치고 다니는데 정말 신기했다.

플라스틱으로 만들어 놓은 예쁜 물고기 같다. 바닷속 바닥에는 가오리 같은 것도 있고 해삼 같은 것도 있다. 줄무늬 고기와 분홍색 고기, 점박이 고기가 빵조각을 먹기 위해 몰려드는데 장관이다. 뜰채로 떠서 회로 맛있게 먹고 싶은 생각이 들 정도다.

언젠가 텔레비전에서 제주도의 아름다운 바닷속을 보여준 적이 있다. 그 장면을 보면서 나는 죽을 때까지 저렇게 아름다운 바닷속 물고기는 볼 수 없을 것이라고 생각했다.

피피 섬에서 볼 수 있게 되어 소원 하나는 이루었다. 바다가 무서워 쩔쩔매는데 남편이 손을 잡아 주고 도와주어서 아름다운 바닷속을 볼 수 있어 고마웠다. 우리나라 제주도나 남해안에도 여름에 바닷속을 볼 수 있는 관광 체험장이 있었으면 참 좋겠다는 생각이 들었다.

저녁을 먹고 전신 마사지를 한다고 해서 퇴폐업소인 줄 알았다. 예전 우리나라에서 지탄의 대상이던 퇴폐업소 생각이 났다. 그런데 그런 곳이 아니었다. 두 번이나 받은 전신 마사지가 이렇게 좋은 줄 몰랐다. 만성으로 고생하던 어깨 결림이나 요통, 목 디스크 증상이 부드러워지는 체험을 했다. 한 번은 초보자인 것 같고 두 번째는 고수인 것 같다. 몸이 많이 아파 우리나라에서 경락 마사지를 몇 번 받은 적이 있다. 가격도 비쌌지만 별반 차도가 없어 그만둔 적이 있다. 두 번째 고수에게 받은 마사지는 평생 잊을 수가 없다. 몸 구석구석 혈이 뭉치고 막힌 곳을 풀어 주고 뼈가 굳어 있는 곳은 잡아주고, 성심성의껏 정성을 다해 주는 것을 느낄 수가 있었다. 남편도 여러 번 마사지를 받아 봤지만 이분들처럼 정성으로 해 주는 사람은 처음이라고 했다. 남편도 목 디스크 증상으로 팔이 저린 데 시원하다고 한다. 아픈 곳을 지적해 주니 마사지로 잘 풀어준다. 진심은 누구에게나 통한다는 사실을 이분들을 두고 하는 말 같다. 말과 글이 다르고 대화가 이루어지지 않아도 진심이 통한다.

이튿날 코끼리 트래킹을 했다. 코끼리는 하루 육십 킬로의 배설 물을 싼다고 한다. 많이 먹는가 보다. 우리를 태우고 갈 코끼리에게 바나나를 코에 감아 주고 "고마워." 인사를 했다. 커다란 코끼리를 타고 산속을 어기적어기적 올라갔다. 하루 종일 인간에게 시달릴 것을 생각하니 미안하기도 하고 고맙기도 했다. 제주도에서 타 본 후 두 번째인데 인간에게 복종하는 것을 보니 순하고 순한 동물인 가 보다. 많은 사람들을 태우고 걸어 다니니 힘들겠다. 정글에서 자유롭게 살아야 되는데 사람들이 너무 혹사시킨다.

푸켓 여행을 하며 열심히 산 내가 이런 호사를 누리는 것도 나에 대한 대접이라 생각했다. 시간이 없어 국내 여행도 못한 나는 해외 여행은 사치이고 외화 낭비라고만 생각했다. 명절마다 인천 국제공 항이 붐빈다고 뉴스에서 보도할 때마다 지각없는 사람들이라고 생각했다. 태국의 휴양지 푸켓 한 곳만 갔다 왔는데도 색다른 행복감을 느낀다.

태국에는 천혜의 자원이 많아서 국민들이 죽을 때까지 먹고 사는 것이 문제없겠구나 생각한다. 또한 자자손손 훌륭하고 좋은 문화재가 있어 행복한 삶을 살겠구나 생각해 본다. 태국에 비하면 우리나라는 자원이 정말 부족하다.

해외여행을 해 보니 '백문이 불여일견'이다. 우리나라도 좋은 곳이 많지만 다른 나라도 좋은 곳이 많다는 사실이다. 비교해 볼 수 있는 안목도 생긴다.

태국에서 물 갈아 먹으니 탈이 나고, 계절이 몸에 맞지 않아 몸이 붓고 괴로웠다. 나라를 떠나 봐야 애국자가 된다더니 산 좋고 물 좋은 우리나라가 내 몸에 잘 맞는구나 깨닫는다.

이번 해외여행으로 내 나라를 더욱 사랑하고 아끼며 열심히 살아야지 다짐한다. 우물 안 개구리처럼 살지 말아야지 깨닫는다. 우리나라는 천혜의 자원은 없지만 우리 자식들에게 지혜를 물려주어, 유태인처럼 세계를 지배하고 움직이게 해야 되겠다 생각해 본다.

(2013. 2. 12.)

진짜 사나이

    모 방송국에서 하는 〈진짜 사나이〉라는 예능 프로그램이 있다. 군인들이 부교도 설치하고 행군도 하고 젊어서 그런지 모든 일을 척척 잘도 한다. 일상생활하며 희로애락이 발생한다. 장기자랑과 시합을 놓고 벌이는 놀이에 웃음을 참을 수가 없다. 서로 자기 부대가 이겨야 하는 이유가 분명하다.

    여자 가수들이 나와서 노래하며 춤을 추니 군인들이 야단법석이다. 군대는 여자가 없으니 여자만 오면 엄청 좋아한다고 한다. 아들과 함께 보면서 많이 웃었다. 정말 저러냐고 물어보니 그렇다고 한다.

    아들은 군대이야기를 잘 안 한다. 남편은 군대이야기를 많이 하는 편이다. 모임이나 친구들과 모이면 군대생활의 애환을 자주 이야기한다. 복무 기간도 36개월을 했고 죽을 고비도 여러 번 넘기고 지뢰밭에서 전우가 죽어 가는 것을 보기도 해서 전우애가 남다르다고 한다.

아들은 군대에서 군복 입고 찍은 사진 하나 없다. 휴가 나와서 군복 입고 찍은 사진도 없다. 군 생활하고 남은 것이라고는 군복 한 벌과 군번 줄밖에 없다. 군 생활이 어떠했는지 물어 보아도 별로 할 이야기가 없다고 한다.

아들은 〈진짜 사나이〉를 보면서 군대 있을 때, 부모가 면회 한 번 안 온 사람이 자신이었다고 한다. 전우들도 행보관들도 아들이 의붓자식이거나 집에서 내놓은 자식이 아니냐고 물어 봤단다. 무척 창피하고 부끄러웠다고 하면서. 이제야 그 말을 듣고 보니 부모로서 무척 미안한 마음이 들었다.

지내 놓고 생각해 보니 군대 있을 때 한 번이라도 면회를 가서 아들 체면을 세워 주지 못한 것이 후회가 된다. 어린 마음에 얼마나 상처가 되었을까 생각하니 미안하다.

아들이 군에 입영하는 날 부대까지 온 가족이 같이 갔다. 춘천 닭갈비를 점심으로 먹이고 부대로 들어가니 입영하는 군인보다 배웅 온 가족이 훨씬 많았다. 군대 가는 아들 하나에 보통 세 명 네 명은 따라갔으니까.

아들이 입영 통지서를 받고 내가 많이 아파 병원에 입원을 했다. 회복이 되지 않은 상태에서 퇴원을 했다. 도저히 장거리 여행을 할 수 없었다. 그래도 나중에 후회되는 일이 될까봐 입영하는 날 차에 누워서 갔다 왔다.

아들이 군에 있는 2년 동안 일주일에 한 번씩 병원에만 다니고 집에서 누워만 지냈다. 몸이 회복되면서 아들에게 면회 가야 되지 않느냐고 남편에게 물어 보면 면회 갈 필요 없다고 했다. 자기 형제들은 7명이 군대에 갔어도 부모님이 한 사람도 면회를 간 적이 없다고 했다. 그러면서 지금은 군대도 좋아지고 고생도 안 하고 먹을 것도 잘 나오고 배도 곯지 않는다고 했다. 기간도 우리 때와는 다르게 22개월이니까 금방 나온다고 하면서.

면회는 가지 못하고 전화나 편지는 간간이 하면서 아들의 군 생활이 잘 마무리되기를 바랄뿐이었다. 면회 아닌 면회는 한 번 간 적이 있다. 아들이 병원에 입원해 있으니 원주 국군 병원으로 오라고 늦은 밤에 전화가 왔었다.

병원이라는 말에 크게 다친 줄 알고 정신이 혼비백산이 되었다. 아들이 하나뿐인데 얼마나 다쳤기에 병원이란 말인가. 내가 정신 줄이 나가다시피 하니 남편이 안심을 시키며 맹장수술을 해야 한다고 했다. 그제야 안심을 하며 다치지 않아 불행 중 다행이라 생각했다.

국군 부대에서 수술을 해야 할지 민간 병원에서 수술을 해야 할지 부모님께서 결정을 해 줘야 한다고 했다. 아들과 남편이 군병원에서 수술을 하기로 결정해서 다음날 새벽에 출발해 수술 전에 얼굴을 볼 수 있었다. 수술실에 들여보내 놓고 잘되길 기도하면서 집으로 왔다.

〈진짜 사나이〉를 보며 저렇게 고생하고 훈련하는데 면회 한 번 가지 않은 것을 후회했다. 부모가 얼마나 그립고 민간인이 얼마나 보고 싶었을까? 또 부모가 해 오는 집밥이 얼마나 먹고 싶었을까? 남편 말만 믿고 아들에게 서운하게 했던 일이 두고두고 미안하다.

　사회 일각에서 군복무 가산점에 대해 말들이 많다. 국민들이 진짜 사나이들을 생각한다면 당연히 가산점에 찬성해야 된다고 생각한다. 아무 보상이 없다면 누가 나라를 지키고 사나이로서 긍지와 자부심을 가지겠는가. 나라를 지킨 수고는 평생을 따라다니며 칭찬 받을 수 있어야 한다.

　그래야 국력이 높아지고 애국심이 올라가지 않겠는가. 일시적인 진짜 사나이가 되기 위한 것이 아닌 겉과 속이 완전한 멋진 진짜 사나이를 우리가 만들어야 하지 않을까?

(2013. 8. 9.)

비행기, 하늘에 사랑을 그리다

하늘에서 쌕쌕거리는 비행기 소리가 들리고 무슨 그림이 그려졌다 흩어진다. 무슨 일인가 싶어 스쿠터를 멈추고 헬멧을 벗었다. 하늘을 올려다보니 전투 비행기의 묘기가 장관이다. 난생처음 보는 비행기의 아름다운 묘기였다. 친정으로 가던 발걸음을 멈추고 하늘을 보며 감탄했다. 대한민국 공군 비행기를 향해 환호와 뜨거운 박수를 보냈다.

비행기 여덟 대가 기러기 모양으로 열을 지어 날아간다. 다시 돌아오면서 승리의 V자로 모양을 바꾸고 날아온다. 네 대씩 나누더니 두 개의 다이아몬드로 변한다. 눈 깜짝할 사이 구름 속으로 들어갔는지 온데간데없다. 굉음과 함께 하늘에서 땅으로 꽂히듯이 내려온다. '어머나! 떨어지면 어쩌나.' 하는 순간, 하늘로 머리를 돌리며 급상승하는데 하늘을 뚫을 기세다. 비행기도 사라지고 소리도 사라졌다.

엉거주춤 멍하니 하늘만 보고 있는데 동쪽과 서쪽에서 네 대씩 마주 오면서 빨간색과 파란색, 흰색의 연기가 한일자를 그리며 날아온다. 각각 가던 길을 가더니 휙 돌아오면서 같은 색으로 똑같은 모양을 다시 그린다.

네 대씩 동쪽과 서쪽으로 사라진 비행기가 평야지대 위에 오더니 사이사이로 서로 들어간다. '부딪치면 어쩌나.' 생각하는 순간 절묘하게 빠져 나간다. 수평으로 날아가면서 몸체를 180° 뒤집더니 감쪽같이 없어진다. 수직으로 급상승하면서 몸체를 180° 뒤집는 순간 눈앞에서 비행기가 흔적도 없이 사라진다. 하늘을 이리저리 둘러보아도 소리와 함께 사라지고 없다.

압권인 묘기는 하늘 높이 사라지더니, 두 대가 빨간색으로 하트 모양을 그리며 내려온다. 반대편에서 한 대가 파란색을 그리며 하트 모양 속으로 들어간다. 하트 모양에 화살을 쏘는 장면이다. 큐피트의 그림이 선명하다. 나도 모르게 "대한민국 공군 만세."를 부르며, 박수를 치고 묘기를 펼친 비행기에게 두 팔을 흔들었다.

비행기의 아름다운 공중 묘기를 혼자 보는 것이 너무나 아까웠다. 비행기 묘기를 많이 했는데 몇 가지만 생각난다.

스마트 폰이라도 있으면 찍어 두었을 텐데, 최신 통신기기가 없는 것이 이처럼 안타까울 줄 몰랐다. 국군의 날 행사 때 텔레비전에서 몇 초 잠깐 보는 그런 비행기의 묘기가 아니다.

공군 행사나 국군의 날 행사 때 보여 주기 위해 연습을 하는 모양인데, 그날 일진이 좋아 귀한 묘기를 보게 되어 고마웠다.

이 감동을 공군 중령으로 계시는 지인께 문자로 '대한민국 공군 만세! ♡♡♡'를 보내고, 비행기 묘기를 보게 되어 고맙다고 했다.

일반 국민들은 신기하고 아름다워 박수를 친다. 비행기 조종사들은 얼마나 많은 위험부담을 안고 묘기를 진행할까 생각하니 위대하고 존경스럽다. 모든 일에는 우리가 모르는 당사자만의 고통과 인내와 애로사항이 있기 마련이다. 끝없는 고통과 갈등, 많은 시간을 참고 견뎌야만 도달할 수 있는 경지가 그것이다. 고통이 덜하고 더하는 차이가 있을 뿐이라고 말할 수 없다.

새처럼 날고 싶은 꿈을 가진 라이트 형제가 비행기를 발명했듯이 비행기 조종사들도 새처럼 하늘을 날고 싶어 조종간을 잡은 것이 아닌가. 더 나아가 우리나라를 하늘에서 지킨다는 마음이 충성심으로 발전하지 않았을까 미루어 짐작한다.

비행기 한 대가 큰 액수겠지만 조종사 한 사람을 육성하기 위하여 드는 시간과 비용과 피나는 노력은 값으로 따질 수 없을 것이라 생각한다.

국방의무에서 육·해·공군의 역할이 모두 중요하다. 이번 비행기의 묘기를 보며 공군의 역할이 얼마나 중요하고 막중한지 깨달았다. 전쟁이나 극한 대립 상황에서는 공군의 선점과 활약이 국방과 국력을 결정할 것이라 생각한다. 이런 사실은 국민 누구나 알고 있다. 그렇지만 우리는 공군의 위력을 잊고 살아간다.

근래에 비행기의 소음으로 피해가 있다고 주민들이 민원을 제기한다. 소음이 가축이나 주민에게 피해를 줄 것이다. 군사 시설을 보호하기 위해 민간인들은 재산권도 행사하지 못하고 불편을 감수한다. 그럼에도 불구하고 더 중요한 것은 나라를 지키는 국방 의무가 먼저라고 생각한다. 나라가 없는데 국민이 있을 수 있는가.

우리는 병자호란과 임진왜란을 각각 7년씩 겪었다. 또 36년 일제 강점기와 1950년 6월 25일 한국 전쟁을 37개월이나 겪은 민족이다. 우리나라는 외침이 무려 931회나 된다. 자유와 평화는 주어지는 것이 아니다. 강한 힘만이 자유와 평화를 보장한다. 자유와 평화는 지킬 수 있는 힘이 뒷받침될 때 가능한 것이다.

지금 우리나라가 휴전상태인 것을 보면 공군의 역할이 매우 중요하다. 크게 보면 국방과 국력을 지키고 키우는 것이 국가의 중요한 미래다.

공군 사관학교가 우리 동네에 건설 되는 바람에 부모님은 제2의 고향을 떠나게 되었다. 부모님은 고향 떠나는 것도 운명이려니 생각했다. 국가에서 하는 일이니까. 부모님은 동네를 떠나고 나처럼 신기한 비행기의 묘기도 못 보고 돌아가셨다.

평화롭게 농사지으며 살던 삶의 터전에 공군 사관학교가 들어오고, 다시 터를 잡은 동네도 훈련용 경비행장이 들어섰다. 학생들이 경비행기로 훈련하는 것만 봐도 신기했다.

경비행기가 우리 집 위를 날고, 벌판 위를 고추잠자리가 날아다니듯이 날아다니는 것도 신기했다. 비행기를 가까이서 본 것도 그때가 처음이었다. 더욱 신기한 것은 그 무거운 쇳덩어리가 하늘을 가볍게 날아다니는 것이었다.

그런데 이번에 전투 비행기로 하늘을 아름답게 수놓는 묘기를 보게 될 줄은 꿈에도 몰랐다. 옛 어른들이 사람 일은 아무도 모른다고 하신 진리와 지혜의 말씀을 새롭게 깨닫는다. 사람의 일생에 기이하고 다양한 일과 체험들이 얼마나 많은가.

일제 강점기 때 안창남 비행기 조종사가 우리 민족에게 꿈과 희망과 용기를 주었던 사실이 있다. 그때 나라와 자유를 빼앗기고 목숨을 잃었으며 억눌렸던 국민들이 얼마나 기뻐하고 환호했던가. 우리나라에도 비행기를 조종하는 훌륭한 사람이 있다는 사실을.

오늘 본 비행기의 아름다운 향연이 대한민국 공군의 발전이며 나라의 발전이다. 공군이 위대하고 자랑스럽다. 그리고 공군의 역할과 책임과 의무가 국력이고 국가의 미래를 결정짓는다.

항공, 미사일, 우주전쟁이 심각할 것이다. 현재도 북한에게 미사일 위협을 받고 있는 상황이다. 지도층 인사들도 높은 신분에 따르는 윤리와 도덕상의 의무를 잘 지켜야 한다. 국민들도 개인의 일도 중요하지만 국방의식이 더 중요함을 깨달아야 한다. 비행기가 하늘에 사랑을 그렸듯이 공군은 국가와 국민을 사랑한다고 믿어 의심치 않는다. 대한민국 공군이 많이 발전해서 대한민국을 잘 지켜주길 기원해 본다.

"대한민국 공군 만세!!! 대한민국 공군♥♥♥"

(2013. 5. 25.)

새벽 보름달

새벽 찬 공기를 마시며 얼음길을 종종거리며 걷는다. 무심코 올려다본 새벽하늘에 겨울 보름달이 나처럼 추위에 떨고 있다. 밤새 어두운 인간 세상을 밝히느라 서쪽 하늘로 넘어가지 못하고 나에게 창백한 얼굴을 들키고 말았다. 어느 창가에 온기를 전해 주느라 발길이 지체되었나 보다. 허전한 새벽길에 나와 친구가 되어 발걸음을 맞추며 걸어간다. 하늘과 땅에서 서로를 바라보며 미소를 짓는다.

동녘에 아침 해가 올라오는지 포동포동하던 모습이 엷어지며 슬퍼 보인다. 새벽 어스름이 걷히자 낮달처럼 보이더니 아침 해에 밀려 서녘 하늘로 숨어 버렸다. 나와 같이 출렁출렁 걸어가다 보이지 않자 허전하다.

돌아가신 아버지도 겨울 새벽달을 벗 삼아 오일장을 걸어 다니셨다. 부모님을 생각하며 마음속에 달의 온기를 채웠다. 새벽 보름달이 엷어지니 서운하다.

다음 날 또 다시 하늘을 올려다보니 어제의 보름달이 아닌 하현달이 되어 가고 있다. 하루 사이에 핼쑥한 얼굴이 되어 나를 슬프게 한다. 세상 이치가 이렇게 질서 정연하다. 애써 슬퍼할 것도 없고 너무 기뻐하며 오두방정을 떨 일도 아님을 깨닫는다.

어디를 가도 내 마음 같지 않은 세상사가 태반인데 노여워도 말자 마음을 다잡아 본다. 인간사 새옹지마라는 말도 생각하며 걷는다. 또 말에 동티가 난다는 말도 생각하며 걷는다.

아버지는 추운 겨울 새벽길을 걸으며 오일장에 돈 벌러 다니셨다. 무거운 연장을 등에 지고 얼마나 무거우셨을까. 없는 시절에 입성도 부실해 살을 파고드는 추위를 어떻게 견디셨을까. 잊을만 하면 생각나는 부모님의 환영을 떨쳐 버릴 수가 없다.

나도 아버지 어머니의 곁을 찾아가는 것인지 철이 드는 것인지 일상생활에서 부모님 생각이 자주 난다. 사람 사는 인생이 죽음까지 가야 삶이 아니던가. 죽음과 삶이 나누어진 인생이 아닌데 별개의 것인 줄 착각하며 살아간다. 나도 어제까지 이런 생각을 하며 살아왔다.

새벽달의 생멸을 바라보며 인간사도 이와 같지 않을까 깨달음을 얻는다.

(2013. 1. 1.)

항아리의 고마움

아파트 앞뒤 베란다에 항아리가 열 개쯤 된다. 큰 것부터 작은 것까지 차례대로 있다. 큰 것은 여러 가지 식품들을 넣어 두는 수납 공간으로 쓴다. 작은 것은 먹던 간장, 된장, 고추장을 옮겨 담기도 하고 콩이나 곡식을 넣어 두기도 한다. 중간 것은 정월에 장을 담근다. 또 몇 년 된 된장을 담아 놓는다. 가장 아끼는 항아리는 정월에 장을 담그는 맥반석 항아리다.

항아리 하나하나에 좋은 추억도 있고 아픈 추억도 있다. 어느 항아리는 결혼 후 너무 가난해서 간신히 샀고 어느 것은 장맛이 좋아지길 바라면서 장만했다. 남이 버린다고 해서 얻어 와 소금 단지로 쓰는 것도 있다. 수납 항아리는 아파트 단지에 버린 것을 주워 와서, 마른 식품을 넣어 두는 단지로 쓰고 있다. 사람 얼굴도 다르듯이 내가 쓰고 있는 항아리도 사연이 다양하다.

결혼해서 간장, 된장, 고추장을 친정에서 몇 년 동안 얻어다 먹었다. 어느 날 시어머님께서

"장은 담가 먹니?" 하신다.

"아니요, 친정에서 얻어다 먹어요."

"얘야, 간장, 된장, 고추장은 담가 먹어라."

"담글 줄 몰라서 얻어다 먹어요."

"옛날부터 전해 내려오는 말이 있는데, 장은 담가 먹어야 부자가 되고 집안이 잘 된단다. 얻어다 먹으면 가난해진다더라."

"그래요?"

가난해진다는 시어머니의 말씀이 마음에 걸린다. 간장, 된장, 고추장을 먹을 때마다 시어머님의 말씀이 신경 쓰인다. 친정 올케가 장 담글 때 보아 두어야지 생각했다. 장 담글 때 배워야겠으니 연락 좀 해 달라고 부탁을 했다. 장 담글 때 연락이 와 가 보니 쉬워 보였다. 된장 뜰 때도 가서 보고, 고추장 담글 때도 가서 보았다. 농협 은행에 볼일이 있어 갔다 간장, 된장, 고추장 담그는 책자가 있어 가져와 읽어 보기도 했다.

이듬해 드디어 장을 담가 보았다. 친정에서 본대로 책에서 본대로 했는데 맛이 없다. 소금과 물과 메주의 황금 비율이 안 맞았는지, 싱거워서 그런지 간장과 된장이 맛이 없다. 고추장 역시 맛이 없다. 메줏가루와 소금과 고춧가루, 엿기름의 비율이 모자랐는지 거칠고 감칠맛이 없다. 찌개 끓일 때 넣어 보아도 텁텁하기만 하고 깔끔한 맛이 없다. 전통 발효 식품 담그는 것이 생각처럼 마음대로

안 되었다.

항아리에 화학 유약이 많이 묻어서 그런가 싶어, 숨을 쉰다는 비싼 맥반석 항아리를 사서 담가 보아도 맛이 없다. 이렇게 저렇게 담가 보아도 감칠맛 나는 솜씨를 발휘할 수가 없다. 어느 해는 싱겁고 어느 해는 너무 짜고 감을 잡을 수가 없다. 다음 해는 고추장이 너무 묽고, 또는 너무 되직해서 물을 붓고 양념을 해 먹어야 했다. 솜씨가 없어 실패도 많이 했다. 어느 때는 대충해도 고추장이 기가 막히게 맛있다. 어느 해는 간장이 달착지근하게 맛이 있었다. 간장이 맛있게 되었다고 이웃에게 자랑을 했다. 조금만 달라고 해 퍼 주다 보니 정작 내가 일 년 동안 먹기에는 모자라 친정에서 얻어다 먹기도 했다.

장을 얻어다 먹으면 가난해진다고 하시는 시어머니의 말씀이 마음에 남아, 장을 담가 먹어 잘살 수 있다면 담가 먹어야지 생각했다. 이렇게 저렇게 해 보고 실수하다 보니 달인은 아니지만 전통식품은 담글 수 있게 되었다. 이제 방부제가 들어가 있는 장을 사 먹지 않아서 좋고, 내 가족이 자연식으로 먹을 수 있어서 좋다.

해마다 정월이면 장을 담근다. 장을 담기 위해 큰 항아리에 있던 적어진 간장, 된장, 고추장을 작은 항아리로 옮겨 담는다. 남에게 주어 보니 다른 뜻도 있음을 알게 되었다. 얻어먹는 사람은 적게 주는 것 같아 서운하기도 할 것이다. 하지만 퍼 주는 항아리는 쑥쑥 들어갔다.

베란다에 나란히 줄 지어 있는 항아리 중에도 정월에 장 담그는 맥반석 항아리가 가장 애착이 간다. 장을 담그며 항아리에게 맛있는 장이 되어 달라고 부탁한다.

그렇게 해마다 장을 담가 먹는다. 맛있을 때는 남에게도 준다. 남들처럼 부자는 아니어도 작은 집이 있고, 아들딸도 건강하니 좋고 우리 부부도 건강하니 좋다. 하고 싶은 일도 하면서 사니 이만하면 장 담가 먹어서 잘살고 있구나 생각한다.

(2012. 2. 22.)

소리 없는 세상

　아! 좋다. 잘 들려서 정말 좋다. 아이들 떠드는 소리, 자동차의 시끄러운 소리, 초등학교 앞에서 교통정리하는 할아버지들의 호루라기 소리도 잘 들린다. 장맛비가 쏟아지는 소리도 시원하게 잘 들린다. 매미의 노랫소리도 신나게 들린다. 잘 들리는 것에 큰 행복을 느낀다.

　이렇게 일상적인 소리들이 시끄럽다고 생각했는데, 일주일가량 이런 소리들을 못 듣고 깜깜하게 살았다. 오뉴월에는 개도 안 걸린다는 감기를 2주 동안 달고 살았다. 2주 동안 한의원, 내과, 이비인후과 세 군데의 병원을 다녔는데도 낫지 않았다. 감기로 인한 비염이 심해져서 비염의 염증이 귀로 넘어갔다. 중이염으로 귀가 들리지 않아 소리 없는 세상을 일주일 살아 보니 지옥 같다.

귀가 아파 들리지 않아 답답하고 속상했다. 들리지 않으니 시간이 딱 멈춰 버린 것 같다. 아파서 들리지 않는 중에 아버지 생각이 많이 나고 죄송했다.

아버지는 어릴 때 앓은 열병으로 귀가 안 들려 소리를 듣지 못하셨다. 얼마나 답답하고 죽고 싶었을까. 평생 소리 없는 세상을 사시느라 고생을 많이 하셨다. 내 귀가 아프고 안 들려 생각해 보니 가슴이 아프다. 들리지 않는 고통의 암흑세계를 절망으로 사셨다. 세상에는 아름다운 소리가 많은데, 듣지 못하는 고통을 어떻게 푸시고 견디셨을까. 일곱 살 무렵 열병을 앓았으니 모든 소리가 일곱 살 때로 멈췄을지 모른다.

사람들과 대화도 할 수 없어 그 고통이 얼마나 크셨을까. 배우지 못하셔서 필담으로도 대화를 못 하셨으니 얼마나 답답하셨을까. 사람들과 수화를 하시다 아버지 마음이 잘 전달되지 못하면 가슴을 치셨다.

불쌍하고 가여운 아버지로만 생각하다, 막상 내 귀가 아프고 들리지 않으니 미칠 지경이었다. 소리 없는 암흑세계를 살아 보니, 아버지의 기나긴 고통이 가슴에 사무친다. 아버지의 고통을 덜어 드릴 걸, 돌아가시고 난 후 겪어 보니 너무 죄송하고 미안하다.

보지 못하고 듣지 못하고 말하지 못했던 헬렌켈러는, 암흑세계의 3중고를 어떻게 견디며 참고 살았을까. 그럼에도 불구하고 훌륭한 사람으로 존경을 받고 있지 않은가. 나름대로의 철학과 생활은 있었겠지만 존경한다. 내 아버지를 존경하는 것처럼.

택시와 시내버스를 타도 병원과 은행을 가도, 관공서와 상가 등

어디를 가도 냉방시설이 잘 되어 있다. 여름이라 남들은 시원해서 좋다고 하는데, 나는 추워서 이만저만 고생이 아니다. 사람 체온이 36.5°가 정상인데 내 체온은 아마도 1°는 낮은가 보다. 겨울은 겨울 대로 추워 걱정이고, 여름은 냉방시설이 좋아 무섭고 춥다.

우리 집은 에어컨이 없다. 내가 에어컨을 싫어하기도 하지만 11층에 살아서 바람이 잘 통한다. 선풍기도 한 대만 있었다. 작년에 지인이 중고 벽걸이 선풍기를 주어서 두 대인데 아들 방에 걸어 주었다.

남의 집에 가 보면 유월 달에 덥다고 선풍기를 튼다. 우리 집은 삼복더위나 되어야 창고에서 선풍기를 꺼낸다.

이렇게 사는 내가 가는 곳마다 에어컨 바람을 쐬니 몸이 춥다고 반란을 일으켰다. 관리를 잘해도 감기가 걸린다. 한의원이나 내과를 가지 말고 이비인후과를 갔어야 되는데 낫겠지 미련을 떨다 감기가 깊이 들었다. 의사 선생님께서 무조건 항생제만 먹는 것이 좋지 않다고 한다. 꼭 필요한 곳은 항생제를 써야 하지만 남용이 무서운 결과를 낳을 수 있다고 한다.

앞으로는 몸 관리를 잘해야지 다짐한다. 몸이 아파 전전긍긍하다 짧게나마 소리 없는 세상을 살아 보니 사람은 모두 다 장애의 불행을 당할 수 있겠다고 깨달았다.

소리 없는 세상을 살다 가신 가여운 아버지를 생각하다, 세상에 장애를 가지고 사시는 모든 분들을 이해하고 도와주리라 다짐한다.

장애를 가지고 사시는 분들에게 따뜻한 눈빛을 주어야겠다. 따뜻한 사랑의 말 한마디, 친절한 도움을 주리라 결심한다. 앞으로 나도 어떤 장애를 입게 될지 모른다. 또 어떤 장애를 당할지 모른다. 이번 일을 겪고 나니 항상 역지사지하는 마음으로 살아야지 생각한다.

(2013. 7. 17.)

나는 하나님의 자녀다

오늘 목사님 설교 말씀 제목이 '우리는 하나님의 자녀'였다. 설교 말씀을 들으며 까맣게 잊고 있던 꿈이 생각났다. 아! 그래서 나는 14년 전에 하나님의 자녀라는 대화를 귀신과 했던 기억이 났다. 미래에 일어날 일을 과거에 미리 예행연습을 한 셈이다.

나는 2000년 2월 4일 충북대 병원에서 중이염 수술을 했다. 3시간 수술하고 1시간 동안 깨어나지 못해서 수술하신 교수님이 퇴근을 못하고 계셨다. 회복실에서 남편이 나를 깨우기 위해 때리고 꼬집고 했는데도 1시간 동안 깨어나지 못했다고 한다. 1시간 후에 간신히 깨어났는데도 자꾸 잠을 자려고 해서 못 자게 하라고 교수님이 남편에게 말씀을 하고 퇴근을 하셨다. 자게 두면 깨어나지 못하고 죽는다고 하면서.

머리가 얼마나 아픈지 들 수가 없다. 잠은 또 얼마나 쏟아지는지 감당을 할 수가 없다. 깜빡 잠이 들었다. 전설의 고향에 나오는 시커먼 두루마기를 입고 갓을 쓴 사람이 나에게 다가왔다. 너무 무서워 몸을 잔뜩 웅크리고 쳐다봤다. 시커먼 사람이 내 손목을 잡고 가자고 한다.

"누구세요?"

"나는 너를 데리러 왔다."

"누구신데요?"

"나는 염라대왕이 보낸 저승사자다."

"저승사자가 왜 나를 데려가는데요?"

"데려 오라고 해서 데리러 왔다."

"나는 하나님의 자녀인데 당신이 왜 데리러 오나요?"

"너는 하나님의 자녀냐?"

"예, 나는 하나님의 자녀예요."

"그래?"

하나님의 자녀라는 말을 듣고 감쪽같이 없어졌다. 연기처럼 사라졌다. 아무리 주위를 둘러보아도 시커먼 두루마기를 입고 갓을 쓴 저승사자를 찾을 수가 없었다.

너무 많이 자는가 싶은지 남편이 내 뺨을 건드려 깨웠다. 일어나니 옷이 흠뻑 젖었었다. 저승사자가 무섭고 끌려가지 않으려고 애를 써서 그런가 보다.

목사님 설교 말씀을 들으며 수술 후 지나간 세월을 손꼽아 보니 14년이 지났다. 그때 저승사자를 따라나섰다면 죽었을 것이라는 생각이 든다. 수술 후 깨어나지 못하는 사람들이 있다는 이야기를 텔레비전에서 자주 보고 들으니까.

설교 말씀 중에 우리는 하나님의 자녀라서 어디를 가나 성령님이 지켜준다고 한다. 나는 이 말씀을 믿는다. 하나님의 자녀라서 이제까지 큰일 당하지 않고 잘 살아왔다고 믿으며 살고 있다. 마음속에 이런 믿음이 있어 순간순간 힘들어도 참고 기다려 본다. 참고 기다리다 보면 마음에 의지가 되고 참길 잘했다고 느낄 때가 많다. 그래서 신앙의 힘은 위대하구나 느낄 때가 많다.

〈귀한 그릇과 천한 그릇〉이라는 글을 읽었다. 큰 집에는 금이나 은으로 만든 그릇이 있다. 나무 그릇과 질그릇도 있어 귀히 쓰는 것도 있고 천히 쓰이는 것도 있다.

그런데 똑같은 그릇에 밥을 담으면 밥그릇이 되고, 국을 담으면 국그릇이 되고, 개밥을 담으면 개밥 그릇이 된다. 똑같은 독에 장을 담으면 장독, 김치를 담으면 김칫독, 술을 담으면 술독이 된다.

우리 마음은 하나의 방이다. 마음에 무엇을 담아 두느냐, 마음에 누가 함께 하고 있느냐에 따라 삶이 달라진다.

우리들이 지내는 방에 밥상을 놓으면 식당이 되고, 책상을 놓으면 공부방이 된다. 방석을 깔면 응접실이 되고, 이불을 깔면 침실이 된다. 요강을 놓으면 화장실이 되고 화투를 치려고 담요를 깔면 금방 도박장이 된다.

사람의 그릇에도 무엇을 담느냐에 따라 이름이 달라진다. 돈을 담으면 부자가 되고 지식을 담으면 박사, 욕심을 담으면 도둑이 된다. 또 술을 마시면 술통, 담배를 피우면 연통이 된다. 여러분의 마음과 육신의 그릇 속에는 무엇을 담고 계십니까?

이 글을 읽는 순간 지나온 과거를 돌이켜 본다. 나라는 그릇에는 무엇을 담았는지 생각해 본다. 꿈속에서 저승사자에게 끌려가지 않으려고 하나님의 자녀라고 한 것을 보면, 신앙의 그릇으로 채우고 있는 중인 것 같다.

하나님의 자녀이기 때문에 귀한 그릇이 되고자 노력한다. 천한 그릇으로 마음을 채우지 않으려고 심신을 갈고 닦는다. 설교 말씀을 들으며 거듭나고 깨달아 언행이 바른 사람이 되고자 노력한다. 하나님의 자녀가 되려고 신앙으로 무장한다. 악한 유혹에 빠지지 않으려고 신앙의 그릇을 키운다.

(2013. 8. 25.)

나에게 안식년을 주고 싶다

　나에게 반드시 안식년을 주고 싶다. 건강을 보충하고 미래를 더 열심히 살기 위해 휴식을 주고 싶다. 죽음 앞에 섰을 때 후회하지 않으려고 성실하게 살았다. 열심히 살았음에도 물질적으로 이루어 놓은 것은 없다. 아직도 배우고 싶은 것이 많지만 피곤하고 힘이 들어 쉬고 싶다. 열심히 살아준 나에게 일 년만 안식년을 주고 싶다. 언제가 될지 모르는 죽음 앞에 섰을 때를, 대비해 온전한 안식년을 선물하고 싶다.

　　옥불탁玉不琢이면 불성기不成器요, 인불학人不學이면 부지의 不知義니라. "옥은 다듬지 않으면 값비싼 그릇을 이루지 못하고, 사람은 배우지 않으면 의(義, 道)를 알지 못하느니라."

≪예기≫에서 이 글을 읽는 순간, 배워야겠다는 생각을 했다. 지금까지 열심히 배우고 공부하며 살았다. 지금도 이 말을 가슴 깊이 새기며 산다.

지금보다 더 먼 미래를 대비해, 보육교사 2급 자격증이 필요해, 컴퓨터로 사이버 강의를 들으며 공부하고 있다. 보육교사 자격증을 따면 유치원이나 어린이집을 운영하고 싶다.

또, 한국어 자격증을 따고 싶다. 이 자격증으로 우리나라에 온 결혼 이민자들에게 한국어를 가르치고 싶다. 이분들에게는 낯설고 물 설고 말 설은 나라에서 뿌리 내리기가 여간 어려운 것이 아니다. 결혼 이민자들에게 한국어 봉사를 하고 싶다. 다문화 사회에서 잘 적응하도록 돕고 싶다. 남의 나라에서 온 예쁘고 아름다운 젊은 사람들에게 문화와 정서도 알려주고 싶다. 풍습도 알려주고 말과 글도 알려주고 싶다. 이분들이 예쁜 아기를 낳았을 때, 우리나라 말과 글로 잘 키웠으면 하는 소망을 가져 본다.

노후에 우울증에 걸리지 않고 무료함도 달래려고, 취미로 색소폰도 배우고 있다. 연주를 잘할 수 있게 된다면, 외로운 사람과 불쌍한 사람들을 위해 봉사도 하고 싶다. 내 만족과 행복을 위해 악기를 배우고 있다.

하나님 말씀에 땅도 칠 년을 농사지었으면 칠 년 후에는 안식년을 주어야 한다는 말씀이 있다. 칠 년 동안 최선을 다해 생산했으니 일 년은 휴식을 하라는 말씀이다. 힘을 비축하여 칠 년을 열심히 생산하라는 말씀이다. 참으로 공감하는 말이라 생각한다.

문득 내게도 안식년을 허락해야 된다는 생각이 들었다. 땅도 안식년이 필요한데, 사람에게도 안식년이 필요하다는 생각이 들었다. 내년이면 태어난 지 칠 년씩 여덟 번을 열심히 살아온 세월이다. 그 세월을 지나오면서 평지길도 험한 길도 남편과 아이들과 열심히 노래 부르며 행복한 마음으로 걸었다. 힘겨운 산도 넘었고 또 넘었다. 저 산모퉁이만 돌아가서 쉬고 걸어가야지 마음먹었는데, 쉴 수 있는 산모퉁이가 아니라 걷고 또 걸었다. 아이들에게도 같이 참고 인내하자고 격려하면서 이 순간까지 쉼 없이 걸어왔다.

그러다 보니 건강도 나빠졌고 회복 기간도 길었다. 돌이켜 보니 심신경영을 엉망으로 한 결과였다. 삶이라는 전쟁의 포화 속에서 전진 명령도 없는데, 혼자서 안달복달 자신을 달달 볶으며 살아온 세월이었다. 힘들면 쉬어야 하는데 그렇게 하지 못했다. 앞도 보고 옆도 보고 뒤도 돌아보면서 힘겨우면 나무 아래서 휴식도 취했어야 했다. 쉬엄쉬엄 해도 되는 일들을 무리하게 하며 몸과 마음을 혹사시켰다. 그렇게 산 세월을 돌이킬 수 없으니 심신에게 일 년만 안식년을 허락해 주고 싶다.

남은 미래가 얼마나 남았는지 모른다. 다가올 미래를 대비하는 가장 좋은 투자이고 설계라고 생각한다. 안식년에는 가족들에게 잔소리도 그만하고 싶다. 자신들의 일은 자신들이 알아서 꾸려 보라고 자유를 주고 싶다. 자유와 책임을 나누어 주고 나 없을 때를 대비하도록 시간을 주고 싶다.

가족을 떠나 전국을 여행하면서 마음의 양식을 쌓고 싶다. 경험을 쌓고 체험을 하고 싶다. 자신에게 멋진 행복 추구권을 선물하고 싶다. 내 나라의 아름다움을 보고 기록하고 싶다. 내 자손에게 아름다웠던 조상으로 남고 싶다.

　남들은 돈으로 인생을 계산하고 자손에게 물려주려고 노력한다. 나는 나에게 남은 재복이 얼마나 남았는지 모른다. 그 물질을 내 인생의 아름다운 가치관을 세우는 데 쓰고 싶다. 열심히 노력한 증거를 남기려고 한다. 아름다운 세상 행복한 인생을 살다 이승을 떠날 때는 자식에게 짐이 되지 않도록 검소한 장례비만 남기려고 마음먹는다.

　남은 생을 준비하도록 안식년을 선물하는 것은 당연하다. 멋진 노후 계획이라고 생각한다. 남에게 관대하고 자신에게 엄격하던 시절은 지나갔다. 시대가 변했기 때문에 자신의 몸을 잘 관리해야 한다. 자식에게 부담이 되지 않도록 살아가는 것도 노후를 대비하며 계획하고 저축하는 것이라고 생각한다.

　≪명심보감≫ '근학편'에 이런 말이 있다. "오늘 배우지 않으면서, 내일이 있다고 말하지 말며, 금년에 배우지 않으면서, 내년이 있다고 말하지 말라. 날이 가고 달이 가니, 세월은 나를 기다려 주지 않는다. 오호, 벌써 늦었도다. 이게 누구의 허물인가!"

　배워야 될 때 배우지 않고 게으름을 피우는 사람들에게 던지는 말이라 생각한다. 이 말을 생각하며 오늘도 열심히 배우며 살고 있다.

(2012. 8. 5.)

다섯 장의 행복 벽돌을 쌓으며

새로운 세계에 대한 호기심과 도전이 할 수 있을 거라는 기대와 용기로 가득하다.

햇살 좋은 날 어린이집을 향하는 발걸음이 가볍다. 재잘재잘 종알종알 깔깔깔깔 아이들의 간지러운 웃음소리가 마냥 기분이 좋다. 이 기쁜 마음이 하루하루를 지나며 몸과 마음이 파김치처럼 되어간다.

밖에서 어린이 집을 봤을 때, 우아하고 고상해 보였는데 상식 밖의 고된 일이다. 어린이 집 보육 선생님들은 슈퍼우먼이다. 그리고 사랑만 가지고는 하기 힘든 직업이다. 인내심이 도를 닦는 사람의 수준이 아니면, 할 수 없는 일이라는 것을 깨달았다.

집에서 기르는 개도 자기 집에서는 오십 퍼센트를 접고 들어간다니더, 어린이 집의 영유아들도 눈치가 빠해서 학생 선생님을 존중하지 않는다.

선생님들은 출근해서 퇴근할 때까지 단 십 분도 휴식시간이 없었다. 아이들의 안전과 건강을 챙기며, 언쟁이 일어나지 않도록 한 순간도 보살핌을 게을리하지 않는다.

현장 실습을 하면서 겪어보니 선생님들의 노고가 이만저만이 아니다. 언쟁에 공정해야 하고 인지발달과 교육과 보육에 온 신경을 쓴다.

0세에서 만 6세까지 모든 발달이 이루어지니 놀이를 통하여 수학, 언어, 문화, 신체, 사회성까지 골고루 담당한다.

보육 교사들의 처우개선이 일하는 것만큼 이루어지지 않는 점이 안타까웠다. 원아의 부모나 정부는 보육교사들의 노고와 애로사항을 알아주었으면 하는 바람이 간절하다.

영유아 시기가 인생의 전부까지도 영향을 미친다고 한다. 연구 결과가 아니더라도 실습을 해 보니 이해가 되었다.

그리고 아이들의 영역별 활동에서 가정사가 훤히 보인다. 아이들이 어른의 거울이라는 옛말이 틀림이 없다. 선생님들은 어려운 여건이지만 맡은 일에 최선을 다하고 계셨다. 아이들을 사랑하고 보육하면서 아름다운 삶을 엮어 가신다. 참으로 존경할 만하다. 영유아들을 보살피는 것을 보며 인생의 대선배 같다는 생각이 들었다.

이런 귀한 체험과 경험을 하게 된 것도, 행복의 조건 중 하나라는 생각이 들었다. 어떤 일을 하든 감사한 마음, 고마움을 마음에 새기려고 한다. 후일 보육교사가 나에게 어떤 행복을 가져다줄지 알 수 없다. 반드시 가야 할 길이라면 긍정의 마음을 가지려고 한다.

다행히 지도 선생님이 외유내강의 본보기라서 배울 점이 많다. 좋은 스승님을 만난 것도 행운이다. 고약한 스승을 만났으면 하루도 버티지 못하고 나올 만큼 고된 일이다. 좋은 원장님과 스승님을 만나 무엇이 유익인지 배우는 중이다. 결혼 전에 보육공부를 했더라면 내 아이들을 정말 잘 키울 수 있었을 텐데, 이제야 공부하니 후회도 되고 아깝다는 생각이 든다.

어렵고 힘들게 공부해서 남에게도 좋은 일이고, 내 자식에게도 좋은 일이었다면 금상첨화일 텐데 많은 아쉬움이 남는다.

남이나 내 자식에게나 좋은 공부를 써 먹지 못해 아쉽다. 손자 손녀들이 태어나면 잘 키워줄 수 있어 그나마 다행이라 여긴다.

황혼으로 가는 길목에서 보육교사 도전이 무모해 보이지만 노후를 준비하는 과정이라 생각한다. 이 일로 즐겁고 재미있고 보람차게 살고 싶은 소망이다. 여건이 된다면 아이들의 맑은 눈망울을 보며, 웃음소리를 들으며 살고 싶은 마음이다. 이 길이 행복의 징검다리가 되길 소망해 본다.

* 현장실습 5일 하는 동안 날마다 행복 벽돌 한 장씩 쌓은 것이라고 스스로 칭찬하면서.

(2012. 9. 15.)

비 오는 날의 선물

　오랜 가뭄에 시달리다 시원하게 내리는 빗소리를 들으며 맛있게 낮잠을 자고 있었다. 요란한 전화벨 소리가 맛난 잠을 방해한다. 받을까 말까 망설이다 전화해 주는 사람의 성의를 생각해 비몽사몽 간에 전화를 받았다.

　"축하합니다. 양성 평등에 당선되셨습니다. 호호호."

　전화기 너머에서 홍 선생님이 기분 좋은 목소리로 방방 뜨면서 축하해 주신다. 잠결에 멍하니 전화기만 귀에 대고 있었다. 선생님의 말씀이 무슨 말씀인지, 몇 초의 시간이 흐른 다음에야 감이 잡힌다.

　"고맙습니다. 정말이에요?"

　재차 확인을 하고 감사한 말씀을 드리고 전화를 끊었다.

양성 평등 발표 나기 하루 전, 특이한 꿈을 꾼 것도 예지몽인가 하는 생각이 든다. 남편이 어디서 돈을 부쳐 올 것인데, 당신 줄 테니 당신 통장으로 받으라고 한다. 입금액 영수증이 왔는데 받아 보니, 일백오십이만 이천 원이라는 아라비아 숫자가 선명하게 보였다. 별 희한한 꿈도 다 있다고 생각했었는데, 선생님 전화를 받고 확인을 해 보았다. 충북 여성문인협회 카페에 들어가 보니, 총 상금 액이 일백오십만 원이라고 적혀 있었다. 우연치고는 정확하게 들어 맞아서 깜짝 놀랐다. 밖에는 장맛비가 그때까지 내리고 있었다.

　올 초 봄비와 함께 새로운 직장이 생기더니 여름 장맛비와 함께 또 다시 좋은 일이 생긴다. 도와주시는 모든 분들께 고마운 마음이 들었다. 늘 좋은 말씀과 덕담과 사랑을 주심에 감사한다. 배움에 갈급한 마음을 알게 모르게 도와주는 사람들이 있어 행복하다. 세상은 혼자 사는 것이 아니고, 너와 내가 손에 손을 잡고 더불어 사는 것임을 확인한다.

　오랜 가뭄 끝에 반가운 장맛비가 세상에 생명을 주고 타들어 가던 대지에 희망을 주었다. 농민들의 마음에도 기쁨을 주고 나에게도 큰 선물을 주었다. 생명의 단비 해갈의 단비는 세상 어느 것에게든 똑같이 기쁨을 주고 행복을 주었다. 봄비와 여름비는 세상 모든 생명 있는 것에게 소중하고 귀중하다. 여름비가 나에게 만족감을 주고, 행복한 마음을 주고 사랑을 준다.

　몸과 마음이 힘들 때마다 비는 나에게 힘내라고 위로와 희망을 준다. 도전하게 용기를 주고 앞으로 나아갈 수 있는 진취적인 용기를 불어넣어 준다. 나이가 들어가면서 주저앉고 싶은 마음이 많이 들었다. 힘이 들어 포기하고 싶을 때도 많았다. 세상 모든 일은 젊은 사람들을 원하지 나이 든 사람은 원하지 않는다. 나이가 들었다는 것은 체험과 경험이 많다는 것이다. 생활방식이나 방법에 지혜가 더 많음에도 불구하고 세상은 나이 든 사람들을 원하지 않는다. 외롭고 쓸쓸할 때가 많다. 이번 수상은 나이 탓하지 않고, 원숙하고 성숙한 마음가짐을 갖도록 소망과 기회를 준다.

다음 목표가 무엇이 될지 모르지만 또 다시 희망을 갖게 한다. 비는 모든 생명 있는 것들에게 소망을 주고 희망을 갖도록 한다. 행복을 주고 사랑을 준다. 나도 생각을 새롭게 바꿔 보려고 한다. 내 욕심만 부리던 사고방식에서 한 발 더 나아가는 삶을 살아야겠다고 생각한다. 나로 인해 다른 사람들에게 희망을 갖게 하고 도움을 주는 생활로 발상의 전환을 가져 본다. 그것이 무엇이 될지 모르지만. 비가 나에게 좋은 소식을 전해 준 것처럼.

비는 산을 넘고 흘러가는 곳마다 새로운 세계에 도전하라고 한다. 주저앉지 말고 이상을 향해 나아가도록 미소를 보내준다.

(2012. 7. 7.)

겨울의 길목에서

    낙엽은 바람이 부는 대로 이리저리 몰려다니며 마음을 심란하게 흔들어 놓는다. 을씨년스러운 날씨가 마음까지 겨울로 쫓아 버린다. 계절마다 마음이 들뜨고 기분은 어린 소녀처럼 마냥 좋다. 겨울이 오는 길목에서 느끼는 감정은 다른 계절과 사뭇 다르다.

    세상을 많이 살지 않았는데 겨울의 초입에 서 있는 느낌은, 낙엽을 다 떨어뜨리고 바람소리에 떨고 있는 나목처럼 춥다.

    새싹이 파릇파릇 돋아난 봄은 희망이 철철 흘러넘친다. 뜨거운 햇볕 아래에도 그늘이 있게 마련, 여름은 뜨거움과 시원함을 함께 선물해서 좋다. 가을은 쳐다보는 것마다 풍성해 먹지 않아도 배가 부르고, 황금 들판이 아름답게 빛나는 계절이라 더욱 좋다. 겨울은 모든 만물이 꽁꽁 얼어붙어 싫다.

지나온 계절을 그리워하듯 자신을 반성해 보고 고마웠던 사람들, 도움을 받았던 사람들에게 마음을 전하고 싶은 계절이다. 또한 내 입에서 나간 말 때문에 다른 사람들 마음에 상처는 입히지 않았는지 뒤돌아보게 한다. 상대방에게 도움을 주지 못하면서 민폐는 끼치지 않았는지 자신을 생각하게 한다. 봄부터 겨울까지 시간을 나열해 보며 내년에는 알찬 열매를 따야지 생각하며 겨울을 맞이한다.

　　올 초 서울 경복궁을 시작으로 달마다 한두 곳씩 문화재를 탐방하며, 우리나라의 문화유산을 보고 기록으로 남기려고 계획을 세웠다. 서울 고궁만 몇 군데만 가 본 후 유야무야 계획이 무너지고 말았다. 사는 것이 쉽지 않아 실천할 수가 없다. 시간을 내기도 어렵지만 건강이 허락해 주지 않는 것이 원인이 되었다. 내년에 다시 계획을 세워 여행에 도전해 보려 한다. 겨울이 오는 길목에서.

　　해마다 겨울이 오면 자신을 뒤돌아보고, 추한 모습으로 살지 않았는지 반성해 본다. 어떤 모습으로 사람들이 기억해 줄까도 궁금하고, 내 자신을 가장 잘 아는 사람은 나이기에 자신의 평가는 항상 낙제점이다. 자신 없는 삶을 살아오다 보니 다른 사람을 평가하는 것을 금하고 산다. 내 자신도 형편없는데 어떻게 남을 평가할 수 있다는 말인가.

　　최선을 다해 사는데 최고의 지점에는 도달하지 못하고 있다. 겨울이 오면 자신을 돌아본다. 열심히 살았는데도 최선은 되지 못하고 차선으로밖에 못 산다. 남들은 돈도 많이 벌고 이루어 놓는 것도 많은데, 나는 왜 이렇게 밖에 못 사나 자신을 꾸짖어 본다. 내가 사는 세상이 잘못된 세상인가, 내가 사는 것이 잘못 사는 것인가 알 수 없다.

겨울이 가고 봄이 오면 새로운 희망이 솟는다. 열심히 사느라고 산다. 더불어 사는 세상 여러 사람들과 같이 간다. 겨울의 길목에서 보면 부끄럽다. 열심히 사는데 결과가 없고 열매가 없다. 남들은 숫자 크기가 엄청나게 불어나 있고, 눈에 보이는 결과물이 뚜렷이 보인다.

세월의 끝자락에서 손익 계산을 해 보면, 겨우 입에 풀칠만 하고 산 세월만 남는다. 내가 믿는 신께 간절히 기도하며 열심히 살아 본다. 남들에게 도움 주지 못해도 도움받지 않고 살려고 노력한다. 남은 것이 겨우 몸 건사하고 살아남은 것밖에 없다. 내가 믿는 신께 기도해 보지만 신은 나에게 더 참고 기다리라 하신다.

나뭇잎을 떨어뜨리고 춥게 서 있는 나무가 봄을 맞이하기 위해 겨울을 참고 기다린다. 내게 주어진 계절이 얼마나 남았는지 모른다. 봄을 향해 참고 기다리며 걸어가자 다짐한다.

(2012. 11. 26.)

진천 농다리

천년의 숨결 농다리. 우리 고장의 문화재를 보고 내 다리로 직접 밟아 보니 감개가 무량하다. 내 고장에 천 년이 지나 현재도 같은 기능을 하는 문화재가 있다는 사실이 자랑스럽고 감사하며 뿌듯하다.

농다리는 지네 모양의 28칸의 교각으로 만들어진 우리나라에서 가장 오래된 긴 돌다리다. 총 길이가 93.6m, 폭이 3.6m, 교각이 1.2m, 교각과 교각의 사이는 0.8m 정도다. 교각 위에는 170cm, 넓이는 80cm, 두께는 20cm의 장대석 1개 또, 길이 130cm, 넓이 60cm, 두께 16cm의 장대석 2개를 나란히 얹어 만들었다. 자연석을 석회 등을 바르지 않고 그대로 쌓았다.

튼튼하고 견고하며 장마가 져도 유실되지 않으며 천 년을 버티며 견디어 오고 있다. 우리 조상님들의 지혜가 뛰어났으며, 그 옛날 우리나라의 토목공학적인 측면에서 귀중한 자료로 연구되고 있단다.

농다리의 우수성 또한 감동이다. 1976년 12월 20일 충청북도 유형 문화재 제28호로 지정되었다. 굴티 마을 앞을 흐르는 세금천에 축조된 돌다리다. 사력암질의 돌을 마치 물고기 비늘처럼 안으로 차곡차곡 들여쌓기 하여 교각을 만들었다. 크기가 다른 돌을 적절히 배합해 서로 물리게 하여 쌓았다. 위로 갈수록 폭이 좁아져 빠른 유속을 견딜 수 있도록 했다. 차곡차곡 쌓은 돌 틈으로 물이 요리조리 빠져 나갈 수 있게 만들었다.

교각부터 상판석까지 붉은색을 띤 자석을 이용했다. 원래는 28칸이었는데 장마에 교각이 유실되어 25칸만 남아 있었으나, 2008년 28칸의 원형이 복원되었다고 한다. 진천 농다리는 하늘의 별자리 28수를 응용한 것으로 동양 철학의 심오한 사상을 엿볼 수 있게 만들었다.

농다리는 다양한 전설이 있다. 그리고 나라에 재앙이 있을 때를 예고한단다. 가까운 재앙으로는 6·25한국전쟁 때와 1979년 고 박정희 전 대통령이 돌아가셨을 때 다리가 울었다고 전해진다.

전설로는 임 장군이 매일 아침 세금천에서 세수를 하는데 몹시 추운 겨울 건너편에서 젊은 부인이 내를 건너려는 모습을 보고 이유를 물으니 친정아버지가 돌아가시어 친정 간다고 했다. 지극한 효심에 감동되어 임 장군이 다리를 놓아 주어 세금천을 건넜다고 한다.

다른 하나는 옛날 굴티 마을 임 씨 집안에서 남매를 두었다. 둘 다 훌륭한 장사인데 서로 죽고 사는 내기를 하였다. 아들은 굽 높은 나무 신을 신고 송아지를 끌고 서울을 갔다 오고, 딸은 농다리를 놓기로 하여 치마로 돌을 날라 다리를 놓기로 했다.

어머니가 가만히 보니 아들은 올 기미가 없고 딸은 거의 마무리가 되어 갔다. 어머니는 아들을 살릴 욕심에 딸에게 뜨거운 팥죽 등 먹을 것을 해다 주며 딸의 일을 늦추게 하였다.

결국 아들이 먼저 돌아온 것에 화가 난 딸은 치마에 있던 돌들을 내리쳤는데 아직까지 그 돌이 그대로 박혀 있단다. 약속대로 딸은 죽게 되었다. 딸이 마지막 한 칸을 놓지 못해서 나머지 한 칸은 다른 사람이 놓았다. 여 장수가 놓은 다리는 아직도 그대로 있는데, 일반인이 놓은 다리는 장마가 지면 떠내려간다고 한다.

텔레비전이나 언론에서 농다리를 방영하거나 취재를 할 때마다 가 봐야지 하면서도 차일피일 미루다 많은 시간이 지났다. 천 년의 문화재를 직접 밟아 보니 가슴 벅찬 감동이 인다. 문화 유산을 발로 밟으니 조상님들께 죄송한 마음도 들고 다리에게 미안한 마음도 들었다. 돌을 쌓아 만든 징검다리가 천 년을 버틴다는 것이 신기하다. 조상님들의 지혜와 슬기에 고개가 절로 숙여지고 감탄이 나온다. 천 년 전에 이 다리를 건넌 인연이 있었을까 생각해 본다. 그래서 현재도 밟아 보는 행운이 아니겠는가 생각이 들어, 농다리가 나를 기다려 준 것 같아 고맙다. 사람이든 자연이든 인연이 있어 만나고 헤어지는 순환이 이어지는 것이라 생각된다. 한순간도 그냥 무의미하게 이루어지는 세상사가 어디 있으랴.

다리를 건너 초평 저수지로 넘어가는 언덕에 올라 보니, 봄에 피는 꽃과 새싹들이 예쁘다. 꽃과 물과 다리가 잘 어우러진 봄 풍경이 아름답다. 다리 주변에는 자주색 돌들과 바위들이 많다. 산모퉁이를 돌 때마다 산 위에 있는 자주색 돌들이 굴러 떨어질 것 같은 착각에 빠지기도 한다. 그냥 그 자리에 있으면 쓸모없는 돌인데 우리 조상님들은 다리를 만들어 생활에 유용하게 이용하였다.

다리를 건너며 내가 젊은 여인이 되어 보고, 힘이 장사였던 여장수가 아니었을까 즐겁고 재미있고 행복한 상상을 해 본다. 되돌아 건너오며 나는 천 년 전에도 살았고, 후에도 살고 있으니 내 나이가 많구나, 속으로 웃어 본다.

조상님들은 농다리가 천년을 견디고 버티어 역사유적이 되리라고 생각도 못하셨으리라. 귀중한 문화재가 되리라고는 상상도 못하셨으리라.

역사는 긴 시간이 필요하다. 천 년의 세월은 긴 시간이다. 천 년의 시간이 영원일 것이라고 생각한다. 농다리가 앞으로 천 년을 더 버티고 견딜지 알 수 없지만, 역사는 쌓이고 흐르는 것이기 때문이다.

(2013. 5. 2.)

오문재 수필집

아버지

초판인쇄 ㅣ 2013년 10월 15일
초판발행 ㅣ 2013년 10월 21일

지은이 ㅣ 오문재
펴낸이 ㅣ 서정환

펴낸곳 ㅣ 수필과비평사
등록 ㅣ 1984년 8월 17일 제28호
주소 ㅣ 서울시 종로구 삼일대로32길 36, 301호(익선동, 운현신화타워)
전화 ㅣ 02)3675-3885, 275-4000
이메일 ㅣ essay321@hanmail.net, sina321@hanmail.net

값 15,000원

ISBN 979-11-5605-010-0   03810

이 도서의 국립중앙도서관 출판시도서목록(CIP)은 서지정보유통지원시스템 홈페이지(http://seoji.nl.go.kr)와
국가자료공동목록시스템(http://www.nl.go.kr/kolisnet)에서 이용하실 수 있습니다.(CIP제어번호: CIP2013020683)

저자와 협의하여 인지는 생략합니다.
잘못된 책은 바꿔 드립니다.
이 책은 청주시 1인 1책 펴내기 운동 기금을 일부 지원받아 발간하였습니다.